敵国の姫君
龍門 伊織 明日香
宰相の孫娘
エラ=冷泉=ダーナ

大商人の娘(幼馴染)
モニカ=シルバーバーク

『アーマガルトの守護者』
ジェイナス=昴=アーマガルト
「『影刃八法』――『射』ッ!!」

「ひゃははは！
俺様の命令を聞かないから
こうなるんだ！
クズが！」

あっという間に地面との距離が近づき、
残り一〇メートル程度のところで、俺はペガサスから飛び降りた。

「――ぁっ！」

湧き上がりそうになる悲鳴。

それを懸命に堪えて、真下にいる敵の姿を見据えた。

デッキひとつで
異世界探訪
4

棚架ユウ

ぶんか社

これまでの物語

フリーター・柳木透は、最新VRゲームに没頭するあまり体を壊してしまいゲームの最中に命を落としてしまう。しかし、それを見かねた遊戯の神様・セルエノンの力によって、透はクレナクレムという異世界に転生することになった。透改めトールは、ずいぶん昔に熱中したトレーディングカードゲームの効果を実体化する力と守護聖霊の犬耳少女・ワフをお供につけられて、新たな人生を歩み出す。

転生した初日から強大な魔獣に襲われたトールは、カードの魔術や召喚モンスターでなんとか戦いに勝利するが、早々とクレナクレムで生き延びることの難しさを実感させられる。しかし、その後も続いた魔獣との戦いの中で、行き場をなくした村娘・エミルや元騎士の逃亡奴隷・ゼドと知り合う。3人は人の寄りつかない樹海の奥に砦を築き、生活を共にする仲間となった。
だが平穏な生活も長くは続かなかった。
トールと同じ転生者である白井光樹の襲撃が始まったのである。知力・体力に優れ、邪悪な攻撃を得意とする黒のカードを操る白井は、カードの魔術で支配する盗賊団を従えトールたちを追いつめるのだった。

魔神殺しの風騎委員

世界平和は業務に入りますか？
～勇者と魔王の魂を受け継いだ俺ですが、そこまで責任持てません～

日々花長春

ぶんか社

C O N T E N T S

プロローグ　ポーラ島捕物帳

春。それは数多《あまた》の生命が冬の眠りから目覚め、新たなるドラマが生み出される季節。学生、特に新入生にとっては、大きく変わる環境に不安と、それ以上に大きな期待で胸ふくらませる季節でもある。

セルツ連合王国の王都カムート。その中枢である内都の南に浮かぶポーラ島。

そこは島全体が『ポーラ華族学園』を中心とする学園都市であり、王国華族の子女達が日夜修練に励んでいる。

この学園には、華族を育成する学園ならではの少々変わった『委員』が存在していた。

石造りの店が立ち並ぶ商店街。その喧騒《けんそう》を、荒々しい怒声が切り裂いた。

「どけどけッ！　ブッ殺されてえのか!?」

石畳の大きな通りを、人相の悪い五人組が道行く客達を押しのけて駆けていく。

「御用だ！　御用だ！」

後を追うのは四人。チェインメイル装備の家臣二人が声を張り上げながら先行し、その後にそれぞれデザインが異なるロングコートを羽織った少年少女が続く。

「『風騎《ふうき》委員』である！」

「逃がしませんよっ！」

袖が無い陣羽織風ロングコートを羽織るのは、短めの黒髪をナチュラルに真ん中で分けた少年。名はジェイナス＝昴《すばる》＝アーマガルト。

もう一人は太陽のようなオレンジ色の長い髪をした少女、龍門伊織明日香《りゅうもんいおりあすか》だ。

こちらは華やかな着物の柄のような和風ロングコート。腰から下はドレスのスカートのように大きく広がっており、軽やかに裾《すそ》をなびかせながら通りを駆けていく。

通行人達は自分から五人組を避けているようで、彼等の行く手を阻むものは無い。

このままでは追い付くのに時間が掛かる。いや、その前に追い詰められた五人組が邪魔になった通行人を攻撃するかもしれない。

その時、ジェイナスの視界の端に屋台が飛び込んできた。これぞ好機と、俊敏な肉食獣の如《ごと》き動きで屋台の屋根から立ち並ぶ商店の屋根へと飛び移る。

そして屋根の上を駆け、追い抜き、そのまま勢いで屋根から跳躍して飛び込んだ。

降り立ったのは通行人が避けて空いた空間、五人組の目の前だ。

夕日を背に立ちはだかるその姿。五人組は思わずたたらを踏んで足を止めた。

その隙《すき》に明日香が追い付いた。前方に一人、後方に三人の挟み撃ちの形である。

しかし、よく見ると前方の一人は細身で、まだ子供っぽさが抜け切っていない顔立ちの少年だ。

こちらならば切り抜けられる。そう考えた五人組は雄叫《おたけ》びを上げ、ショートソードを抜いて一斉にジェイナスに襲い掛かった。

「……『踏《トゥ》』……」

　しかし、ジェイナスの口が『力ある言葉』を紡いだ瞬間、今にも斬りつけようとしていた二人の動きがピタリと止まる。

　更に後ろの一人がぶつかって止まり、その隙を逃さず明日香達が三人を取り押さえた。

「盗賊、召し捕ったりーっ!!」

　刀を掲げて高らかに宣言する明日香。それを横目に残りの二人は形勢不利と見て転進。レンガ造りの店の脇から路地裏へと身を躍らせる。

「明日香、ここは任せた！」

「はい、任されましたっ！」

　ジェイナスはその場を明日香に任せ、二人の後を追って路地裏に飛び込んだ。


　入り組んだ細い路地を、あちこち身体《からだ》をぶつけながら右へ左へとひた走る二人。

　時折後ろを振り返り追っ手がいないか確かめつつ、扉が開いたままの倉庫にたどり着く二人。

　そのまま迷う事無く飛び込むと、二人掛かりで重い扉を閉めた。

　中は高い位置の小さな窓から入ってくる光しかなく薄暗い。しかし、ここに入るところは見られていない。逃げ切った。安堵《あんど》した二人は、閉じた扉にもたれ掛かるようにへたり込む。

「や、やりましたね、兄貴……！」

「へっ、逃げ切ったな！　しょせん学生騎士の風騎委員なんてこんなもんよ！」

あの妙な少年、ジェイナスがいなければ今日も五人で逃げ込めたはずなのだが、今の二人にとってはどうでも良かった。自分達が助かった事の方が大事だ。

「……なるほど。商家の倉庫、扉が閉まっているとなると証拠も無しには調べにくいな」

その時、背後から静かな声が聞こえてきた。今一番聞きたくなかったあの少年の声が。

二人が弾《はじ》かれたように振り返ると、荷物の陰の暗がりからジェイナスが姿を現した。

「て、てめえ！　なんでここに⁉　一体どこから入りやがった⁉」

二人は懐から取り出したショートソードを突き付け凄《すご》むが、その切っ先は震えている。

顔も知られているため、無関係の商家の使用人だと誤魔化す事もできない。

「う、うわあぁぁぁッ‼」

この場を切り抜けるにはやるしかない。二人は再び雄叫びを上げてジェイナスに襲い掛かる。

だが、ジェイナスは慌てる事無く剣を一閃《いっせん》。兄貴と呼ばれた男の手からショートソードを弾き飛ばし、返す刀でもう一人のショートソードも叩《たた》き落とす。

「おとなしくお縄につけ！」

そして間髪入れずに二人を昏倒させ、手早く二人を縛り上げた。後は明日香が捕らえた三人と一緒に騎士団に引き渡せば一件落着である。

「よっ、風騎委員！」

「見直したぜ、学生騎士！」

盗賊達を連行するジェイナス達に、商店街の人達や学生達が声を投げ掛けてくる。

「ご覧ください！　新入生風騎委員が、またもやってくれました！」

カメラを持ったスタッフを連れ、マイクを片手に実況しているのは華族学園の放送部員の少女。

集まった野次馬達も、今年の風騎委員はやりそうだ、将来が楽しみだと口々に噂《うわさ》していた。

その後、騎士団への引き渡しが終わると二人の少女が合流する。

「お手柄だったわね、二人とも。お夕飯は奮発しちゃいましょうか♪」

飄々《ひょうひょう》とした様子で献立を考えているのは、ジェイナスより少し背が高いスラリとした美女。名はエラ＝冷泉《れいぜい》＝ダーナ。

「大丈夫？　二人とも怪我《けが》してない？」

もう一人は大きめのフード付きパーカーに丈の短いズボンという出《い》で立ちの少女、モニカ＝シルバーバーク。心配そうに二人の顔を覗《のぞ》き込んでいる。

「へっちゃらですよ！　手加減するのに苦労しましたっ！」

対して笑顔で答える明日香。彼女ら三人は、事情があってジェイナスの婚約者となった者達だ。

「それじゃ買い物してから帰るとしようか、我が家へ」

そう言ってジェイナスは、三人と一緒に歩き出した。


時は春。若き華族達が青春の日々を過ごすこの島で、今新たな物語が始まる。

1章　縁談トリプルブッキング

「本日はお日柄も良く……」

「え、あ……はい？」

思わずジェイナスは曖昧《あいまい》な返事をしてしまった。

約一月ほど前、ジェイナスがポーラに入学する前まで時は遡《さかのぼ》る。

突然渦中に放り込まれた彼は、三人の少女達を前に戸惑いを隠せないでいた。

彼等は今、アーマガルトの領主屋敷の一室で顔合わせをしていた。

テーブルの向かいには三人の少女が座っている。ジェイナスが一番左の縮こまっている少女に視線を向けると、彼女はそれに気付いて慌て出した。

「ま、まずはお互い自己紹介から！　モニカ＝シルバーバーグ、十六歳でふっ!?」

ゴンッと大きな音が響いた。席に着いたまま頭を下げ、テーブルに額をぶつけたのだ。

「モニカ、大丈夫か？」

「う、うん……大丈夫。多分」

そのまま机に突っ伏して悶絶《もんぜつ》するモニカに、ジェイナスが心配そうに声を掛けた。

実はこの二人、幼馴染《おさななじみ》である。彼女の実家は昴家とも縁が深い商会なのだ。

深緑の長い髪を二つに結っておさげにした彼女は、派手な美人ではないが愛嬌《あいきょう》のあるタイプだっ

た。性格の方も目立つ事を好まないという面がある。

そんな性格とは裏腹にドレスは胸元が大きく開いた豪華な物で、ここ数年で見事に成長を遂げた双丘を強調している。もっとも本人は恥ずかしいようで、彼女の緊張に拍車を掛けていた。


そんな二人を見て、右のスラリとした女性がクスクスと笑っている。

肩に届くぐらいの軽やかな淡く紫がかった銀髪から、小さなピアスを付けた耳が覗く。

目鼻立ちも整い、仕草のひとつひとつが目を惹き付ける。ドレスはシンプルなものだが、それでも絵になるような「華」が彼女にはあった。

「それじゃ私も自己紹介しましょうか。エラ＝冷泉＝ダーナ、十九歳で～す♪」

その上品さとは裏腹に、彼女の自己紹介は軽かった。

「あの、冷泉って、ひょっとして……？」

「はい、その冷泉だと思いますよ」

「やっぱり宰相のご一族か!?」

ジェイナスが驚く様子を見て、うふふと笑う彼女。どうにも掴《つか》みどころがない。

しかし、そんな姿も様になるのが、このエラという女性であった。

そして真ん中でジェイナスに熱い視線を送る少女が、勢いよく椅子《いす》から立ち上がった。

「最後はあたしですね！　龍門伊織明日香、十五歳ですっ!!」

彼女はダイン幕府の姫だ。名前が二つあるように見えるが、伊織は官位名である。

そのままの勢いで頭を下げると、オレンジ色の長い髪がふわりと揺れた。

一部を三つ編みにして頭の後ろでまとめた、いわゆる三つ編みハーフアップ。頭上にぴょこんと立った一束の毛も一緒に揺れる。

暖色系のフリルが多い可愛《かわい》らしいドレスが、天真爛漫《てんしんらんまん》そうな彼女によく似合っている。

「まさか幕府の姫君とは……俺は、戦場で君のお父上と刃《やいば》を交えた事もあるんだが……」

三年前、ジェイナスが十三歳の頃の話である。

「はい！　見事な武者ぶりだったと聞いています！　それはもう、何度も！」

しかし明日香の方は敵意などは欠片《かけら》も無さそうだ。話に聞いていただけだが、それでもずっと憧《あこが》れていた人物を前にして目を輝かせている。

その様子はまるで人懐っこい大型犬の如し、もし彼女に尻尾《しっぽ》があればブンブンと勢いよく振っていただろう。

三者三様の少女達。ひとつハッキリと言える事は、昴家が辺境伯の位にあるとはいえ、本来ならば後者二人が訪れるような事は無いはずなのだ。普通ならば。

モニカはともかく何故《なぜ》宰相の孫が、敵国の姫がここにいるのか？　それが分からない。

訳も分からぬままにここに放り込まれてしまったが、ジェイナスは嫡男だ。とにかくここは、失礼が無いようにもてなすしかない。

「えっと……公方様《くぼう》は、お元気ですか？」

「それはもう！　今日はこちらに来られなくて残念だと言っておりました！」

「来るつもりだったんですか!?」

幕府の将軍家が、このセルッ連合王国を訪問する。一体何が起きているというのか。

エラはにこにこ顔で微笑《ほほえ》むばかりで、モニカの方はどこか落ち着きが無かった。

「何か隠してない？」

「えっ？　その……ボク達……ジェイとの縁談のために来たんだけど……聞いてない？」

「…………………はい？」

ここでようやく、ジェイナスはこれがお見合いだと理解した。

二人を見るとエラはニコニコと軽く手を振って返し、明日香は目を輝かせて彼を見つめている。

「お父様が言ってました！　『縁談がご破算となれば？　その時は再び刃を交えようぞ！　ジェイナス、余の義息子《むすこ》か、敵となれッ!!』って!!」

「実質、選択肢が無い……！」

明日香、エラ、モニカ。そう、三人だ。三人同時だ。縁談トリプルブッキングだ。

しかも相手が敵国の姫、王国宰相の孫、大商人の娘である。

どうしてこうなった。期待、好奇、戸惑い。色とりどりの視線を向けてくる三人に対し、ジェイナスは瞬《まばた》きも忘れて彼女達を見つめる事しかできなかった。

「お爺《じい》様、こちらですか⁉」

ひとまず三人を客間に案内させたジェイナスは、すぐさま家族の下へと乗り込む。

家族も来るのは分かっていたようで、祖父の書斎に揃《そろ》って待ち構えていた。

隠居である祖父レイモンドが、奥の机の席に着いている。ジェイナスは大股で近付き、机に力一杯両手を叩き付けた。しかしレイモンドは全く動じない。

白髪頭に白い髭《ひげ》をたくわえた顔。歴戦の猛将も寄る年波には勝てず、もはや戦場には立てない身だが、その大柄な身体は、まるでそびえ立つ古木のような存在感があった。

「落ち着け、ジェイ」

鋭い視線が突き刺さる。その宥《なだ》めようとする反応でジェイナスは確信した。

「お爺様！　その反応……やはり知っていたのですね⁉」

「明日香姫に関しては、な」

ジェイナスは訝《いぶか》しげな顔になるが、すぐさま気付いて祖父の両脇に控えていた両親を見る。すると二人は揃って視線を逸《そ》らした。

「……どちらが、どちらを？」

「モニカちゃんは、私が」

「エラお嬢様は、僕が……」

母ハリエットと、父カーティスが、おずおずと白状した。いつもは強気なハリエットだが、今回の件に関しては申し訳ないと思っているようだ。

「ワシは陛下の密命を受けて幕府との和睦を模索していたのだが……そこで龍門将軍から和睦の条件としてお前と姫の縁談を求められた」

歴戦の猛将、なにげに自分の責任をかわしている。

「それが王宮で噂になったみたいでね、宰相から孫娘とジェイで縁談をと……」

「つまり、そちらの方が後だと……断れなかったのですか？」

「無理だよ。幕府との縁談『だけ』をまとめたら、家の去就を疑われてしまう」

確かに、昴家の意思とは関係無く「寝返りの布石か⁉」と疑う者は出てくるだろう。

「モニカちゃんは、その、シルバーバーグ商会がピンチだったのよ」

「商会が？　エドさんに何かあったんですか？」

「あの人、敵も多いから……」

モニカの父エド＝シルバーバーグは、一代で行商人から大商会の当主まで成り上がった人物だ。その分妬《ねた》まれ、恨まれもしている事は、ジェイナスも聞いた事があった。

「最近はモニカちゃんを狙って、商会を乗っ取ろうとする動きが増えてきたみたいで……そういう話を聞いたら放っとけないでしょ⁉　モニカちゃんが危ないのよ⁉」

「それは、まぁ、分かります……」

ハリエットが興奮していつもの調子を取り戻し始め、逆にジェイナスはトーンダウン。昴家は一人息子なため、彼女はモニカを娘のように可愛がっているのだ。

縁談が持ち込まれた順番としては一番最後らしいが、そういう問題ではなかった。

「ジェイ……これらの縁談、断る事はまかりならん」

「経緯を聞けば理解できます」

明日香と破談となれば両国の和睦は水泡に帰し、エラと破談になればやはり寝返るのかと疑われる。そしてモニカと破談になればアーマガルトにも影響力が大きい大商会の窮地だ。

「逆に言えば、三つともまとまれば和睦は成り、我が家も疑われる事無く、シルバーバーグ商会が和睦の流れを補強してくれる。いい事尽くめなんだよ！」

ここぞとばかりカーティスが捲《まく》し立ててくる。

「……それ、誰から聞きました？」

「…………エドから。宰相も認めてくれたんだ」

やっぱりかとジェイナスはため息をついた。したたかなエドさんの考えそうな事だと。

商会が補強するのは、両国の経済的なつながり。アーマガルトも、その恩恵にあずかる事になるだろう。そして戦争をすれば、その利益が失われるという訳だ。

確かにこれならば、トリプルブッキングも全て和睦のためと納得してもらえるだろう。

いや、おそらく四家の間で既に合意が成されている。ジェイナスはそう判断した。

「ジェイ、これはお前のためでもある……分かるな？」

「ならば、事前に教えておいてくれれば……」

「そうしたらあんた、逃げるでしょ？」

すかさずハリエットがツッコんだ。

「逃げませんよ」

「逃げないけど、巡回の予定が繰り上がりになったりしたんだろう？」

カーティスにもツッコまれ、今度はジェイナスが視線を逸らした。

「だから教えなかったのよ、ジェイ」

それ以上言い返す事ができず、ジェイナスは踵《きびす》を返して執務室を後にするのだった。


一方それぞれの客室に通された三人は、エラの提案で彼女の部屋に集まっていた。

「お互いの事、も〜っと知っておいた方がいいでしょ？」

彼女達も、この縁談が断れるものではない事を知っていたからこその行動である。

「そうですね！　あたし、モニカさんの話が聞きたいです！」

「そうねぇ、私達は噂でしか知らないけど、モニカちゃんはそうじゃないみたいだし♪」

「あうぅ……」

主な目的は、ジェイナスの幼馴染であるモニカから話を聞く事のようだ。

「私も、彼の事は噂でしか知らないわ。龍門将軍を撃退したって聞いたけど……」

「あっ、それはホント、です。三年前」

「……その時、えっと十三歳よね？」

「はい、第五次サルタートの戦いの時、出陣の直前にレイモンド様が倒れて……」

「それでジェイナス君が……あら？　今の当主のカーティスさんは？」

「おじさんはダメ。へたれだから」

当主なのに酷《ひど》い言われようだが、その時レイモンドが、十三歳のジェイナスの方がまだマシだと判断したのは事実である。

「それでお父様のいる本陣に、一人で斬り込んだんですね！　お父様が褒めてました！」

「……龍門将軍が突っ込んできたから、やるしかなかったって聞いてるんだけど」

『余のいる所が本陣だ！』って言ってました！」

「それダメな例だよね!?」

モニカは思わずツッコんでしまった。直後に相手が姫だと気付いたが、明日香は気にも留めていない様子だった。

どちらにせよ、初陣のジェイナスの活躍によって国境を守り抜けたのは間違いない。

逆に言えば、ジェイナスがいなければ守れない。そのため彼は国境から離れられないというのが現状であった。

「……なるほど、和睦しなければ入学もできなかったのね」

エラが言っているのは、王都にある『ポーラ華族学園』。卒業しなければ家を継げないため、王国華族の子女達は必ず入学する学園である。

両国の和睦が成る事で、ジェイナスもようやく入学できるようになるのだ。

「あたし達も入学するんですよね？」

「ボ、ボクも婚約者になったら入学する事に……うわっ、恥ずかしくなってきた！」

婚約者という言葉に、モニカだけでなく明日香も照れる。

そんな二人の姿を、エラは微笑ましそうに見守っていた。


執務室を出たジェイナスは、廊下を歩きながら何度かため息をついていた。

母ハリエットの指摘通り、逃げていたかもしれないというのも否定はしないが、やはり心の準備をする時間が欲しい。

そこでジェイナスは、三人に会いに行く前に少し中庭に出てみる事にした。

ここで少し、ジェイナスについて語っておこう。

彼は幼い頃から少し変わったところのある子供だった。妙に生真面目というか、良い子ではあったが子供っぽさに欠けている面があった。

だが、それも仕方がないだろう。何故なら彼には、現代日本で暮らしていた「前世の記憶」というものがあったのだから。

何故そんな事になったのか、彼には分からない。

朧《おぼろ》げな記憶の中で命を落とす間際に「もし生まれ変わりがあるなら、ファンタジーな世界で冒険してみたい」みたいな事を考えていた気もするが、それだけだ。

そんな彼が、自身が転生した事に気付いたのは物心がついた頃。そして同時に、不思議な力に目覚めていた事にも気付いた。

後に彼はそれが「力ある言葉」、「魔法」と呼ばれるものだと知る。

彼は喜び、その力を鍛え、強くなる事に夢中になった。それが弱冠十三歳にして、龍門将軍を撃退する強さに結び付いたのだ。

同時に家族からは「修行ばっかりして、それ以外が疎《おろそ》かになる子」という否定したくてもできない評価が下される事になったが……。

とはいえ彼も女性に興味が無い訳ではないのだ。当時は鍛える方が楽しかったが、それも幼馴染のモニカと一緒だった。彼女自身が修行していた訳ではないが。

その家族同然に過ごした時間によって、母ハリエットからも娘のように見られるようになり、今回の縁談トリプルブッキングの一角を担う事になった訳だ。


しかし、祖父に代わって指揮官を務《つと》めるようになってから話は変わった。

故郷と家族を守るため、鍛錬と執務が趣味ではなく義務になってしまったのである。

次に龍門将軍が攻めてきたら、勝てるかどうか。もっと強くならなければならない。

自分だけ強くなっても周りの被害が大きくなるばかりだ。軍も鍛え上げなければならない。

そうしている間にも国境では小競り合いが度々起こっている。自分が対処しなければならない。

一線を退《しりぞ》いた祖父に代わって領内の軍務に関わるようになったジェイナス。

龍門将軍を撃退し、その後も国境を守り続けていた彼は、いつしか『アーマガルトの守護者』と呼ばれるようになった。

しかし、その代償にモニカと過ごす時間は減る一方だった。

このままでは剣戟《けんげき》と爆炎が友達の灰色の青春を送る事になってしまう。そう危惧していたところに降って湧《わ》いたのが、今回の縁談トリプルブッキングである。


そんな事情があったため、実はジェイナスもこの縁談を断るつもりは無かった。

モニカとは知らぬ仲ではなかったし、明日香は父親から色々と聞かされているのかジェイナスに好意的だ。エラは掴みどころがないが、一緒にいて楽しそうな人だった。

敵国の姫に宰相の孫娘と恐れ多いと感じるのも事実だが、時間が経《た》つにつれて喜びの気持ちがふつふつと湧き上がってきている。

あの三人を婚約者とし、ポーラ華族学院に入学する。むしろ望むところである。これに不満を漏らすのは贅沢《ぜいたく》極まりないだろう。

そんな事を考えながら中庭を歩いていると、窓から手を振るモニカの姿が見えた。

思わず手を振り返そうとしたジェイナスだったが、モニカの顔がにこやかなものではなく、必死に助けを求めている事に気付き、思わず駆け出す。

ジェイナスが近付くとモニカが窓を開け、彼女だけでなく明日香も顔を覗かせた。

「……何をしていたんです？」

「お話してましたっ！」

「うふふ、ジェイナス君の事を聞いてたんですよ～♪」

悪戯《いたずら》っぽい笑みを浮かべたエラも、ひょこっと顔を出す。

「うぅ、根掘り葉掘り聞かれて……」

そしてモニカは窓枠に突っ伏し、ジェイナスは部屋の中で何が起きたかを理解した。とりあえず、三人とも仲良くやれているようだ。


明日香達に招かれて、ジェイナスも部屋に入る。もちろん窓からではなく。

「先程は失礼しました。事情は家族から聞きました」

「そう……それじゃ次は、私達の事を知って欲しいわ。お時間いただけるかしら？」

そう言って小さく首を傾《かし》げるエラ。何気なく言っているが、真剣な表情。それは「縁談を続ける気があるか？」という意志確認でもあった。

対するジェイナスはテーブルを挟んでエラの向かいのソファに座り、彼女の意図を理解した上で更に一歩踏み込む。

「ええ、王都へ向かう準備を進めねばなりませんが、時間が許す限り」

するとエラは、表情を緩めて微笑んだ。王都へ向かうのはポーラ華族学園に入学するため。彼にとっては、縁談を進めるどころか成立させる意志がある事を意味する。

「それってつまり……だよね」

モニカも気付いたようで、赤面している顔を上げる事ができずにジェイの隣で縮こまっている。

「ま……まぁ、そういう事だな」

「う、うん……よろしく」

幼馴染の新鮮な反応に、ジェイも意識して照れてしまう。これからは婚約者になるのだと考えると余計にだった。

一方明日香はエラの言葉の意味が分からなかったようだが、単純に彼と話せる事を喜んでいた。

「お父様と戦ったのはサルタートの一回きりでしたけど、それからも幕府の武士達と戦ってたんですよね？　ジェイナスの武勇伝を聞かせてください！」

「いや、それは……」

「私も興味あるわ。そういう話って、宮廷ならともかく私達の所までは伝わってこないから」

「それならボクが！　ジェイはね、すごかったんだよ！」

ダイン幕府の武士達と戦い、倒した話なので躊躇《ちゅうちょ》するジェイナス。代わりに話に乗ったのはモニカだった。大好きな幼馴染、そして婚約者の事なのでちょっと早口である。

二人は興味津々な様子でモニカの話を聞き、モニカはモニカでその反応が嬉《うれ》しくて更にテンションを上げて話し続ける。

「…………良いなぁ」

そしてジェイナスは、そんな仲良さげな三人を見て和んでいる。

『アーマガルトの守護者』ジェイナス＝昴＝アーマガルト、十六歳。

こうして彼には、三人の婚約者ができたのだった。

お互いに縁談を受ける気があると分かると、後はトントン拍子に話は進む。

「つまりは結婚っ！」

「いえ、まだですよ。王国ではポーラを卒業しなければ家を継げませんので、正式に結婚できるのは卒業後です。今は婚約までですね」

「なるほど！　許婚《いいなずけ》ですねっ!!」

学園卒業までは、ジェイナス、明日香、エラ、モニカは許婚、婚約者同士という事になる。

この件に関しては龍門将軍も納得済みで、和平に関しても支障は無い。

「い……いいのかなぁ、ボクが」

そう言いつつも、頬を紅潮させているモニカ。前向きに受け入れてくれたようで、ジェイナスはほっと胸を撫《な》で下ろしていた。

それから大急ぎで王都行きの準備が進められていくが、これがまた大変であった。

特に張り切っているのは母ハリエット。自分が入学した頃を思い出しているのだろう。

華族ともなると入学する学生だけで王都に行くという訳にはいかない。最低でも身の回りの世話をする従者が必要となる。当然、その分荷物も増える事になるだろう。

国境のアーマガルトでは見かけないが、この時期入学するために各地から王都に向かう新入生一行の姿は、「学生行列」と呼ばれる風物詩であった。

華族子女は必ず入学させるようにと言っているだけあって、王家が護衛を派遣してくれたりもするのだが、人数が少ないと大した家ではないと思われかねない。

そのため、自腹を切ってでも護衛を増やすなんて家もあるぐらいだ。

おかげで王都の騎士達にとっては、毎年恒例の美味《おい》しい仕事となっていた。実は冷泉家が用意した護衛も、この派遣された騎士達である。

「やっぱりこう！　大規模な家臣団を連れて、最初にガツンと一発！」

学生行列で昴家の、ひいてはアーマガルトの力を見せたい。ハリエットの張り切る理由は、その郷土愛の強さにあった。

「ダメだよ、ハリエット。人数は明日香姫とエラお嬢様の護衛と合わせないと。王家からも護衛が送られてきてるし」

そこに水を差して嗜《たしな》めるのは、父カーティスだ。

ちなみに王家から護衛が送られてきているのは、昴家が特別という訳ではなくどの家に対しても行われている事である。

現実問題として護衛を用意できないような家もある訳で、そういう家の子女を単独で華族学園まで旅をさせる訳にはいかないのだ。

「あんた、ノリ悪いわねぇ……」

「いや、方々の面子《めんつ》を潰《つぶ》す訳にもいかないじゃないか」

その辺りは事前に協議されていた。護衛の数は昴家、幕府、冷泉家、王家で同数にして王都に向かう事が決まっている。

「大丈夫です、お義母《かあ》さまっ！　あたしの護衛を連れているだけで十分過ぎます！」

「そ、それもそうね……って、気が早いわよ、明日香ちゃん！」

そう言ってきゃいきゃいはしゃぎだす二人。

しかし、周りでそれを聞いていた面々は、国境を守る辺境伯軍と、長年敵対してきた幕府軍が、足並み揃えて王都に向かう姿を思い浮かべていた。

「……父上、通過する所全部に先触れの使者を出してますか？」

「もちろんだ。本気で寝返ったと勘違いされかねん」

彼等の心は一つだった。先に気付けて、本当に良かったと。

ジェイナスは王都に連れて行く家臣を厳選して決める。その他諸々《もろもろ》も含めて出発の準備が整ったのは三日後の事だった。

おかげでその間、ジェイナスは婚約者達と語らう時間も取れない程に忙しかったが、代わりに母ハリエットが将来の娘達と仲良くなったようだ。

「少しぐらい手伝ってくれても……」

「ジェイは王都に行けば、いくらでも時間があるでしょ。それに、あなたは成人したんだから、そういう事も経験していかないと」

ジェイナスの愚痴を、ハリエットはバッサリと切り捨てた。

その辺りの準備を本人に任せるかは、各家の教育方針次第だ。全て親がやってしまう事も珍しくはないだろう。

昴家の場合は、ジェイナスとカーティスの親子共同作業だ。ジェイナスが護衛を選出して、カーティスが華族の集まる場所でも大丈夫な、よく気の付く者を選び出す。

更に長期に渡って赴任できるか等の確認なども必要だ。三日で済んだのは、まだ早い方だと言えるだろう。

このような新入生を送り出す家で起きるドタバタ、悲喜こもごも。それらもまた、この時期各地でよく見られる一種の風物詩であった。


出発当日、朝早い時間だったが、多くの領民が見送りのために集まっていた。

「ジェイナス様、がんばってー！」

「御身体に気を付けてくださーい！」

「嫁三人とかもげろー！」

一部妙な者も混じっていたが、『アーマガルトの守護者』であるジェイナスが、いかに慕われているかが見て取れる。

それを見ていた明日香は、自分の夫となる人はこんなに凄いのだと誇らしくなる。

しばし視線をさまよわせた彼女は、ジェイナスにそっと手を伸ばす。そして指を握るように手をつなぐが、すぐに小さな子供達に見つかって囃《はや》し立てられてしまった。

恥ずかしかったが、それでもジェイナスは手を握り返して離さない。

明日香はその方が嬉しくて、顔がにやけるのを止《や》められなかった。

「それでは、行って参ります！」

「ウム、気を付けてな」

ジェイナス達はそのまま挨拶《あいさつ》を済ませ、皆に見送られながらアーマガルトを発《た》った。

ジェイナスと婚約者三人、それぞれの従者達は獣車に。そして護衛達は乗騎に乗る。護衛の数が多いため、学生行列としては規格外の規模となっている。

獣車とは、飼い慣らされた魔獣に車を引かせるものだ。魔獣の種類は様々で、昴家の場合車は一頭で車を引ける大きさの、硬質のたてがみを持ったイノシシに似た魔獣が引いていた。

カーティスの根回しのおかげで道中勘違いされるような事も無く西へと進んでいき、一行は二つの大きな町を越えて『王都カムート』に入った。

外縁部の田園地帯、都市区域を抜けて、中枢である『内都』に入る。

本来この『内都』が王都カムートだったのが、人口増加によって広がっていったのだ。

華族学園に入学する者達は、まずここの役所で手続きを済ませる。

この時期は内都の警備も厳重になっており、学園があるポーラ島はここから半日も掛からない。

「あ、護衛はここまでですよ」

島に入れるのは内都で許可を得た者達のみで、学生行列の護衛は含まれない。

王家や冷泉家が送ってきた護衛はれっきとした華族の騎士であり、彼等は任務完了の証明書を受け取ると「がんばれよ、新入生！」と言い残して帰っていった。

ダイン兵達とアーマガルト兵も、今日は宿を取って明日一緒に帰還するとの事だ。

そして護衛達と別れたジェイナス達は入島のための許可証をもらって役所を出る。

「そういえばエラさんって……もう卒業してますよね？　華族学園」

「聴講生で〜す♪」

ジェイナスの言う通り、彼女は卒業生だ。本来ならばもう学園に通う事は無い。

しかし彼女は正規の学生ではないが、一部の授業への参加が認められる「聴講生」の立場で再び華族学園に舞い戻る事にしていた。

「だって、せっかく婚約したんですから、一緒に学園に通いたいじゃないですか♪」

「あ、はい……俺も通いたい、です」

確かに、どうせならばエラも一緒に学生生活を送りたい。

ジェイナスもそう考えたので、その件についてはそれ以上何も言わなかった。

「あ、冷泉家の屋敷はここにあるんですよね？　挨拶に行った方が……」

「いえいえ、今なら祖父はいますけど、父がいないので日を改めて〜」

しかしエラは、早く行こうと促す。その態度にジェイナスは、何か事情があるのだと判断し、それ以上は追及せずにその日の内に内都を後にしてポーラ島に向かった。

橋の袂《たもと》には検問所があり、内都でもらった許可証はここで使う。

ジェイナス達に対応したのはガッシリした体格の、巨漢の騎士だった。

「はい、許可証確認。人数も合ってるっスね。荷物もチェックさせてもらうっスよ」

国中から華族子女が集まるだけあって、しっかりした検問が行われている。おかげで検問所を抜けるのに時間が掛かった。

「これ一斉に来ちゃったら、すっごい混雑するんじゃ……」

「だから王家から護衛を派遣するのよ、モニカちゃん」

そうならないよう必要に応じて日程を調整するのも彼等の役目の内であり、王家が護衛を派遣する理由のひとつであった。

そして一行は、検問所を抜けて橋を渡る。

周りを見てみると同じく島に向かう他の新入生であろう一行の姿もあった。新入生と従者数人という五人以下のグループが多い。

二十人以上となるジェイナス達のグループはかなり珍しい部類のようだ。婚約者三人いて、それぞれが従者を連れているのだから仕方がない面もあるが。

明日香は徐々に近付いてくる町並みに目を輝かせる。

「この先にあるんですね、ポーラ華族学園！」

「ええ、私も去年までここで暮らしてたのよ♪」

「うぅ……ボクが華族学園の生徒かぁ……」

真っ直《す》ぐに延びる橋、その向こうの島を見て、三者三様の反応を見せる婚約者達。ジェイナスはまず「落ち着け、大丈夫だ」とモニカの肩を叩いた。

「それじゃ行こうか」

「はい、ご案内しますね♪」

まず向かう先は、彼等が三年間お世話になる宿舎である。

この島には、ポーラ華族学園とその関連施設が揃っている。商店等もあり、島内だけで生活できるだけの環境が整えられていた。正に学生のための島だ。

しばらく進むと小さな橋にたどり着く。ここも橋の袂に騎士達の詰め所があったが、先程よりは簡単なチェックで通る事ができた。

「はーい、ここがポーラ島8番通り『学生街』となりま〜す♪」

橋を越えて一軒家が立ち並ぶエリアに入ると、エラがにこやかにガイドを始めた。

この水路で囲まれた一帯が「学生街」だ。その名の通り学生用の宿舎は全てこのエリアにあり、特に大きな南北の橋を結ぶ通りが「8番通り」である。

「見て見て、ジェイ。全部庭も付いてるよ。結構良い家だなぁ」

「騎士として、鍛錬する場所が必要ですからね。お庭は必須です」

思いの外大きい家にモニカは驚いたが、エラがその理由を説明してくれた。

モニカは庭の方に注目しているが、宿舎の方も5ＬＤＫである。

家臣の人数によっては部屋が余るが、この辺りは一律そういう事になっているそうだ。

「学生一人につき一軒ですか？　あたし達も一緒に暮らせないんですか？」

「婚約者がいる場合は、一緒に暮らせるから大丈夫よ♪」

そう言ってエラは微笑んだ。

「つまりここは独り身用……それはそれで気楽？　あ、でも、ジェイがいないのは嫌だなぁ」

「家臣も一緒という事は、家内を差配する練習にもなるって事ですか？」

「ええ、まぁ……。いや、ホント大変なんですよ～……。ほら、婚約者がいれば夫婦の共同作業～ってできますけど、私在学中は独り身でしたし～……うふふふ……」

いつの間にか何かがにじみ出るような自嘲《じちょう》の笑みに変わっていた。


更に進むと、周りの建物が一軒家から屋敷に変わっていった。

「こ、これも宿舎？　学生用の？　そりゃジェイの家よりは小さいけどさ」

モニカは驚いていたが、ジェイナスと明日香は納得していた。家臣達も一緒となると、これぐらいは必要になると。

「ああ、ここですね。昴家が契約した宿舎は」

そして到着したのは、通りの一角にある生け垣に囲まれた屋敷だった。厩舎《きゅうしゃ》と車庫付きで、他の屋敷と比べても庭が広い。エラ曰《いわ》く獣車を持つ生徒用の宿舎だそうだ。

まずは家臣達に荷物を運び込ませ、その間にジェイナス達は居間に集まる。

だがその前に、モニカが騒ぎ出した。

「ちょっと待ったー！　ボクの荷物は自分でやるから！」

「モニカ様、それは私達の役目で……」

「その理屈は分かるけど……分かるでしょ!?」

絡まれた侍女は分からず、困惑している。

要するに、あまり人には見られたくない趣味のコレクションである。このモニカという少女、かなりハイレベルな趣味人であり、読書家であった。

もちろん、荷物の半分以上が本である。本が詰まった箱は大きさ以上に重くなるため、侍女には文字通り荷が重いのもまた事実であった。

「あ〜、モニカの荷物は、部屋に運び込むだけにしておいてくれ。開けなくていい」

「はぁ、承知しました」

そして不安そうなモニカの手を引いて居間に移動。家具は備え付けの物があったため、テーブルを囲んでソファに腰を下ろす。

最後になったモニカは、どこに座るかでおろおろしていたが、明日香がにこやかに手招きしていたので、その隣にちょこんと座った。

四人が席に着いたところで、エラが神妙な面持ちで話し始める。

「さて、こうして無事に三年間を過ごすお屋敷に到着した訳ですが……」

真剣な表情だ。ジェイナス達からすれば、初めて見る顔だった。

何事かと、三人も居住まいを正して彼女の言葉を待つ。

「これからは私達は婚約者として一緒に暮らしていく事になります。婚約者として」

大事な事なので二回言った。

「ですから……お互いの呼び方を改めませんか？」

深刻な話ではと思っていたジェイナスは、思わずつんのめって倒れそうになった。

「……はい？」

「だって～、二人が『ジェイ♪』『モニカ♪』って呼び合ってるの、すっごくうらやましいんですもの～」

そう言っていやんいやんと駄々っ子の仕草を始めるが、微妙《びみょう》にわざとらしい。

しかし、そんな姿も可愛く見えてしまう十九歳である。

「はい！　あたしもジェイって呼びたいですっ!!」

そして明日香も乗ってきた。エラの隣に移動して一緒に駄々っ子になる。

二人とも乗ってきたのか、段々身振りが大袈裟《おおげさ》になってきた。

ジェイナス、いやジェイとしては、呼び捨てにされるのは構わない。

「ジェイって呼ばれるのは構いませんけど……俺は？」

「さん付けは無しで♪　あと、堅苦しい喋《しゃべ》り方も改めてほしいな～♪」

口調も改めるように求めてくるエラ。確かにジェイは、ここまで二人を冷泉家の令嬢、幕府の姫として扱い、失礼が無いようにしてきた。

しかしモニカに対してだけはいつもの調子だったので、それが二人に壁を感じさせてしまったという面もあるのだろう。

すなわちエラの提案は、こうして共に暮らす家に着いたのだから、ここからは「客人相手」ではなく、「家族相手」に意識を切り替えようという事だ。

「あたしも『姫様』禁止です！　モニカさんもですよ！」

「ボクはさん付け!?　いやいやいやいや、こっちも呼び捨てでいいから！」

「分かりました、モニカっ！」

「それじゃ私も……」

「エラ姉さんで！」

呼び捨てにしてと言われる前に、先手を打って姉さんと呼ぶモニカ。

エラとしては皆と同じように呼び捨ての方が良かったようだが、明日香もその呼び方が気に入ったため、なし崩しに姉さんと呼ばれるようになっていた。

「ジェイ君は、エラって呼んでね♪」

「分かりました……いや、分かった。というか『君』は付けるんだな」

「これは親しみを込めて、ですよ♪」

明日香とモニカも、ちゃん付けで呼ぶようだ。

これも彼等が家族となるための通過儀礼《ぎれい》のひとつであろう。

「ところでエラ、この後は挨拶回りに行けばいいのかな？」

「いえ、それは来客を迎える準備が整ってからですね。返礼の使者が来ますし」

ここは学生街なので、周りの先輩達もその辺りの事情は分かっている。そのため、新入生から挨拶に来ない限りは、その家を訪ねないというのが暗黙の了解らしい。

その辺りを知らない新入生が先に挨拶回りに行き、後で大慌てになるというのも、この時期の学生街では割と見掛ける光景であった。

「そういえば、アーマガルトの名産品は持ってきました？」

「『アマイモ』なら」

赤みがかった甘い芋、いわゆる「サツマイモ」のような芋だ。「アーマガルトのイモ」略して「アマイモ」である。

「では、それで何かを作って挨拶の手土産としましょう」

「それなら『アマイモケーキ』だな」

いわゆる「スイートポテト」である。

「あ……アマイモケーキ作るには、材料足りないんじゃないかな？　ミルクとか」

「それじゃ、お買い物ですね♪　あたし、自分でお買い物するの初めてなんです！」

「じゃ、ボクは留守番……」

「皆でお買い物ですよっ！」

「ちょっ、放……力強っ!?」

残ろうとするモニカを明日香が連れ出し、四人は買い物に出掛ける事にする。

お供はジェイの護衛、明日香の護衛、エラの従者の三人だ。

護衛だけでなくジェイ達も腰に剣を佩《は》いている。彼等は学生とはいえ華族なので、出掛ける時は必須である。モニカが不慣れだが、それでも短剣だけは持たせておいた。


学生街を出て東に進むと、様々な商店が立ち並ぶ大きな通りに出た。

学生用宿舎が並ぶ「学生街」に対し、こちらは「商店街」である。この通りは獣車の進入が禁止されているため、通りには歩行者の姿しか無い。

「へぇ～、賑《にぎ》やかですねっ！」

明日香が早速目をキラキラさせて、今にも駆け出しそうだ。

ジェイが手をつないで止めようとするが、その前に背後から声を掛けてくる者がいた。

「昴家のジェイナス！　ここで待っていれば必ず来ると思っていたぞ！」

明日香も足を止め、声のする方に振り向くと、明るい金髪をやたらと仰々しい七三分けにした男がジェイを指差していた。

「何故なら！　商店街は、新入生にとって必須の場所だからっだァーーーッ!!」

そして高笑いを始める。ちなみにこの男、毎日ここで待ち続け、今日で三日目である。

とはいえ身なりは良く、後ろに護衛と侍女が控えている。この男も華族だ。

ひとしきり笑うと、男はずかずかとジェイに近付いてきた。

モニカがジェイの背に隠れ、明日香が前に出ようとするのをジェイが止める。

「フッフッフッ……知っているぞ。卿《きょう》は冷泉家と見合いをしたのだろう？」

チラリとエラの方を見ると「お見合いに行くために冷泉家の獣車が内都を出た事は知られているでしょうし、相手が昴家というのも噂にはなってたでしょうね」と返ってきた。

「その事でしたら、無事にまとまりましたが……」

「なんだとぉ!?」

ジェイより背が高く大柄な男が、目をむいて顔を近付けてきた。

「つまりあれか!?　君がメアリーさんと婚約を!?　やっちゃったのか!?　婚約を!!」

「は？　何の話だ!?」

その勢いに、反射的に手で押し返そうになるが、その前に男の方がのけぞって離れる。

「メアリーさんを危険な国境最前線まで呼びつけるなど！　危ないではないか、卿ぉ～～～っ!!」

「……だから誰だよ、メアリーさん」

「私の妹で～す♪」

エラの一言で、おおよその事情が見えてきた。

「メアリーさん！　可憐《かれん》な貴女《あなた》には吾輩《わがはい》！　このオード＝山吹《やまぶき》＝オーカーこそがぁ相応《ふさわ》しいぃぃぃ

…………って、あれ？」

そこでオードは、ピタリと動きを止めた。彼の言うメアリーさんがこの場にいない事にようやく気付いたのだろう。

「おや、お久しぶりですエラさん。どうしてこちらに？」

そしてエラの存在に気付き、恭しく一礼する。

「この度、婚約が決まりまして♪」

そう言ってエラは、ジェイと腕を組んだ。

「………………マジで？」

あんぐりと口を開けるオード。言葉遣いを忘れるぐらい驚いたようだ。

「そ、それはそれはおめでとうございますエラさん！　どうやら勘違いをしていたようです！　失礼いたしました!!」

オードはズザザッと後退《あとずさ》って、深々と頭を下げた。

「……まぁ、私は構いませんよ」

「いや、まぁ、誤解は解けたようなので、俺も謝罪は受け取ります」

「そ、そうか！　卿は良いヤツだな！　改めて名乗らせていただこう！　吾輩は新入生のオード＝山吹＝オーカーだ！」

「ジェイナス＝昴＝アーマガルト。俺も新入生です」

お互いに自己紹介をして、ひとまず握手をしようとする。

しかしその瞬間、商店街の中から絹を裂くような悲鳴が聞こえてきた。

「何事だッ!?」

途端に駆け出すオード。彼の護衛と侍女もその後に続く。

「ちょっと行ってくる！　お前達は皆を守れ！」

ジェイ達もこれは放っておけないと、護衛にそう言い残して悲鳴が聞こえた方へと駆け出した。

巧みに人込みを縫うように進み、先行していたオード達も追い抜いて騒動の中心にたどり着く。

そこは学生向けのレストランだった。お祝い事など少し贅沢したい時に使うような店で、二階が個室になっている。

周りには既に野次馬が集まっていた。ジェイはその声に耳を傾ける。

「おい、二階に立てこもってるの、ボー先輩らしいぜ」

「えっ、先輩卒業したんじゃ……」

どうやら卒業生が故郷に帰らず事件を起こしたようだ。

ジェイは人込みから離れ、開いている窓から見えないよう死角から店の壁際に近付く。

ここでオード達が、続けて明日香達も追い付いてきた。

「何があったんですか!?」

息も絶え絶えのオードを余所《よそ》に、余裕がありそうな明日香が尋ねてきたので、ジェイは得た情報を皆に伝える。

「ハァ……ハァ……南天《なんてん》騎士団は何をしているんだ!?　ゲホッ、ゲホッ」

オードが声を荒らげ、直後に咳《せ》き込んだ。

「南天騎士団……ってなんですか？　エラ姉さん」

「王都カムートの治安を守る騎士団の一つよ。内都の南にあるポーラ島を任されているのが『南天騎士団』なの」

「つまり、奉行所みたいなものですね！　すごいです！」

「でも、この時期は新入生への対応で人手不足なのよ……」

学園で三年過ごしたエラは、その辺りの事情をよく知っていた。

大勢の新入生が島を訪れるこの時期、島に不審者を入れる訳にはいかないのだ。検問所にいた騎士達も南天騎士団である。

「あ、来たよ！」

モニカが指差す先には、こちらに駆けてくる若い三人の騎士の姿が。周りの野次馬達もそれに気付き、歓声で彼等を出迎える。

三人は到着すると、助けを求める店主から話を聞き、すぐさま店内へと駆け込んだ。

「あの子達……風騎委員だわ……」

「えっ？　何それ、エラ姉さん。南天騎士団じゃないの？」

「彼等は、学園の治安を守る学生による騎士団よ。正式な名前は『威風《いふう》騎士団』、南天騎士団のサポートとして町の事件に関わる事もあるけど……」

エラの歯切れが悪い。彼等はあくまで学生の半人前騎士、本職の南天騎士団ほど頼りにはならないという事だろう。ましてや、人質が取られているような状況では……。

「人質がどうなってもいいのか!?」

しばらくすると、二階の窓から犯人らしき荒らげた声が聞こえてきた。やはり学生騎士には荷が重かったのか、犯人を刺激してしまったらしい。

「エラ……行ってくる」

一刻の猶予も無い。そう判断したジェイは即座に動く。

「それなら私も行きましょう」

「いや、危険だ」

「私なら『風騎委員』に話を通す事ができます。あの店長も知ってますし」

「……分かった、そっちは頼む。人質を救出したら合図するから…………」

「えっ？　今なんと……」

ジェイが最後に小さな声で何かを呟《つぶや》き、店と店の間の狭い道に身を滑らせる。

聞き取れなかったエラが確認しようと道を覗き込むが、その時既にジェイの姿は影も形も見えなくなっていた。

「えっ？　えっ？」

明日香も覗き込み、二人は顔を見合わせた。何が起きたと侍女はエラを守ろうとし、幕府の護衛も慌てて腰の刀に手を掛け辺りを警戒する。

その一方でモニカとアーマガルトから来た護衛は、何が起きているのか分かっているようで平然としていた。

「姉さん、姉さん、早く行かないと。ジェイなら大丈夫だから」

「え、ええ、行ってくるわ。貴女、ついてきて」

「は、はい、お嬢様！」

護衛二人がそれに同行し、人混みをかき分けてエラを助ける。店の入り口でへたり込む店長に近付くと、彼もエラの事を覚えていて、すぐに風騎委員に会わせてくれた。

応対したのは三人のリーダーである上級生で、幸い彼もエラの事を知っていた。

「あ、貴女の婚約者が救助に？　その婚約者というのは実在――」

「しますから」

何か言いかけていたのをピシャリと止めた。

「しかし、素人が……」

「私の婚約者は、龍門将軍を撃退した事がある『アーマガルトの守護者』です。犯人が将軍より強いという事は無いと思いますよ？」

「怖い事言わんでください。そんなヤツが島内で事件を起こしたら手に負えませんよ」

とはいえ、自分達ではこの状況を打破する事ができない。彼等もそれは分かっているようで、エラの申し出は受け入れられた。

三人は扉の前で突入の機会を窺《うかが》い、エラは邪魔にならないよう、ここで引き下がった。

一方、部屋の中では怯《おび》えたウェイトレスの女性が椅子に縛り付けられ、抜き身の短剣を持った男がブツブツと呟きながら部屋の中をうろうろと歩き回っている。

扉の前にはテーブルなどが積み上げられ外から開けられないようになっており、窓は鎧戸《よろいど》まで閉じられていて部屋の中は暗い。

「どいつもこいつも……！　オレだって……オレだってェ……!!」

男の名はボー。野次馬達が噂していた通り、先日ポーラを卒業したばかりの男だ。

目を血走らせており、呼吸も荒い。先程までの風騎委員とのやり取りも、まともに会話が通じていないようだった。

ウェイトレスにとって彼は常連客だった。朴訥《ぼくとつ》な人柄で、彼女も悪い印象は抱いていなかった。

だが、今の彼は全くの別人だ。

「なぁ～……オレと結婚してくれよォ……！　オレの気持ちは分かってるだろォ……!?」

なんと、ボーがこれ程の事件を起こしてまで要求してきた事は彼女との結婚だった。華族といっても人間、この島でそういう話が無いとは言わない。

しかし、これまで彼からそういう話を持ちかけられた事は無く、彼女にとっては青天の霹靂《へきれき》だ。

訳が分からない。分からな過ぎて、それもまた恐怖になる。

彼女が顔を引きつらせて答えられないでいると、次第にボーが興奮の度を高めてくる。

感情が限界を超えたのか、いきなり激昂《げっこう》したボーは奇声を上げて短剣を振りかぶる。

「そこまでだッ！」

その瞬間、不意打ちの回し蹴りがボーの脇腹に叩き込まれ、吹き飛ばされた。

ウェイトレスが恐る恐る顔を上げると、そこにはジェイの姿があった。

扉の前に積み上げられたテーブルなどはそのまま。彼が攻撃をしたのは窓とは反対側からで、どうやって部屋に入ってきたのかは分からない。

しかし彼女は助けが来た安堵感でいっぱいで、それを疑問に思う余裕は無かった。

ボーが呻《うめ》きながら立ち上がろうとし、ジェイは彼女を庇《かば》う位置に立つ。

「がっ……がが……があぁッ‼」

興奮のせいか最早《もはや》言葉になっていない。短剣を振りかぶり、ジェイに襲い掛かる。

これはまともな状態ではない。一目でそう判断したジェイは、短剣を持った腕を取り、力の方向を変えて壁に突き立てさせる。

そこから一転攻勢に移り、腕を攻めて短剣を手放させると、そのままボーを投げ飛ばして積み上げられたテーブルに叩きつけた。

これは流石《さすが》に効いたようで、ボーは呻き声を漏らして動かなくなる。

「廊下にいる人、もう大丈夫だ！」

ボーの脚を引っ張って扉の前からどかし、ジェイが声を掛ける。

直後に風騎委員達が雪崩《なだ》れ込み、倒れたボーに気付くとテキパキと縛り上げた。

「なぁ、この人こんな顔だったか……？」

「僕も親しかった訳じゃないからなぁ……」

悪魔のような形相のまま動かなくなったボーに、風騎委員も戸惑い気味だ。

上級生はウェイトレスに近付き、縛り付けていた縄を切る。

その間にジェイは、壁に突き立てられた短剣に近付く。

柄《つか》の先端――柄頭に角の生えた三つ目ドクロという不気味で悪趣味な彫刻が施された短剣だ。

「その凶器がどうかしましたか？」

すると上級生の風騎委員が近付いてきた。

「いえ、その人尋常な様子じゃなかったので、もしやこれが呪いの剣か何かなのかなと……」

「ははは、まさか。しかし、確かに悪趣味ですな……」

直接触るのははばかられたのか、風騎委員は手ぬぐい越しにそれを引き抜く。

調べてみたところボーは鞘《さや》を所持していなかったようで、そのまま手ぬぐいで包んで詰め所に持ち帰る事になる。

様子がおかしかった事は確かなので、後でその短剣についても調べてくれるようだ。

その後エラと店長がやってきて、ウェイトレスは店長へと引き渡される。

ジェイは、後日事情を伺うかもしれないと説明を受け、エラと共に店を後にした。

去り際に振り返り、先程の部屋の鎧戸が閉じたままの窓を見上げるジェイ。

これが風騎委員ジェイナスとして関わる事になる最初の大事件の始まりだとは、今の彼は知る由も無かった。


「では、また学園で会おう！」

オード達とはここでお別れとなり、一行は改めて買い物に向かう事になる。

「なんだか面白い人でしたね～」

彼等を見送った明日香の感想に、ジェイとモニカは揃ってうんうんと頷《うなず》いた。

それはともかく、先程の一件で時間を使ってしまった。ジェイ達も手早く必要な買い物を済ませたいところだ。

しかし、商店街に一番詳しいエラが何か言いたげな顔でジェイを見ている。

先程のレストラン、正確にはレストランに潜入する際に姿を消した一件の事だろう。一体何をしたのかと。

「いや、大した事はしてないぞ？　中に入るのに魔法を使ったけど」

「ジェイ君、魔法が使えたんですね」

「そりゃまぁ、魔法無しで龍門将軍は撃退できないし」

「あたしも魔法が使える事は聞いてましたね。どういう魔法かは知りませんでしたけど」

ジェイも簡単に手の内は見せていない。直接戦った龍門将軍も、彼の魔法の全容は把握していないだろう。

「それにしても今時珍しいですね、魔法が使えるなんて……」

エラの言う通り、ここ数十年で魔法を使える者はめっきり数を減らしている。

ジェイが使えるのは生まれつきとしか言いようがない。

たまに先祖返りのように魔法が使える者が生まれるため、それが偶然なのか、それとも転生した事が影響しているのかは分からなかった。

「さっきの様子を見た感じ、モニカちゃんは知ってましたよね？　ズルイですよ」

「あ、うん、ゴメン」

　エラ的に気になるのはそこだったようだ。それに関してはジェイも素直に謝った。

　気を取り直して買い物を始める一行。アマイモケーキの材料だけでなく、その他の食料品、日用品等、一通り必要なものをまとめて買い揃えていく。

「毎度っ！　一品五種になります！」

「一品と五種ですね……では、これで」

　侍女がジェイから預かっていた財布の小袋から、指の第一関節ぐらいのサイズの水晶と五つの種を商人に手渡した。

　種は『魔素種』と呼ばれる物で、その名の通り「魔法の燃料となる『魔素』を含む種子」だ。その種から魔素を抽出し、集めて結晶化した物が『魔素結晶』である。

　人間の身体にも魔素は含まれており『体内魔素』と呼ばれている。

　魔法使いなどはそれを使って魔法を行使する訳だが、それだけでは足りなくなる時があった。

　そこで外付けの魔素タンクとして開発されたのが魔素結晶だ。魔法使いの減少と共にその用途で使う者も減り、今では通貨として広く流通していた。

　といっても結晶は価値が高い。今回はまとめ買いだったから使ったが、普段の買い物では種しか使わないだろう。

そして、これらには他の使い道もある。

「そういえばジェイ君、『魔動機』はレンタルします？」

「ああ、それならもう申し込んでます」

魔動機、それは魔素を燃料として動く「電化製品」ならぬ「魔化製品」である。そう、通貨である魔素種を入れて動かすのだ。

五十年程前に誕生した物で、当時は魔動冷蔵庫、魔動洗濯機、魔動掃除機で『三種の魔動機』などと伝説のアイテムのように呼ばれたものだ。

といっても当時はコストパフォーマンスが悪く、あまり普及しなかった。そのため「本当に存在するのか？」という意味合いで伝説扱いされていた面もあったが。

しかし、それも過去の話。ここ十数年で燃費も良くなりコストパフォーマンスも上昇。

今では魔動カメラ、魔動レンジ、魔動エアコン、魔動テレビを加えて『七大魔動機』と謳《うた》って売り出されている。

とはいえ魔動機はまだまだ高級品。誰でも手が出せる物でもない。

そのため学生用の宿舎に最初から備え付けられている『新入生基本セット』の家具の中に魔動機は入っておらず、希望者のみ追加でレンタルする事になっていた。

「そういえばエドさんが、最新セットを揃えてやるから任せとけって言ってたけど……」

「ああ、うん、その時にはもう縁談の事知ってたはずだよ、パパ」

なお、ジェイがレンタルを申し込んだのはモニカの実家シルバーバーグ商会だ。ジェイ達の入学を機にポーラ島に支店を出す事になっていたりする。

学生向けにレンタルしている店は他にもあるが、どこに頼むかは自由である。

なお、大勢の人に見せて宣伝するよう言い含められているのは、ここだけの話であった。


それから一行は、荷物が多くなったので寄り道せずに屋敷に帰った。

結局魔法の件はその日の晩、居間に集まり明日香とエラにも詳しく説明する事にする。

ジェイとモニカ、明日香とエラの組み合わせで向かい合わせのソファに座って話は始まった。

モニカは既に知っているからか、度々ジェイと二人で目配せしながら話を進めていく。

「私も何人かの魔法使いに会った事がありますが……ジェイ君のようなタイプは初めて聞きますね
……似たタイプは、ちょっと心当たりがありません」

説明を聞き終えたエラは、半ば呆《あき》れまじりにそう呟いた。

「あたしもです。ダインは元々魔法使いが少ないというのもありますけど」

明日香も驚きを隠せない様子だ。

「俺は、他の魔法使いの事を知らないんだよ。聞かせてくれないか？」

「ああ、『純血派』が抱え込んでますからね～」

「ジュンケツハ？」

明日香が首を傾げる。ダイン幕府には存在してないので、聞いた事が無くても無理は無い。

「魔法が使える人同士で結婚して、失われつつある魔法の力を維持しようって人達です」

今の王国華族の中に、そういう派閥があるそうだ。

エラが知っている魔法使いというのも、在学中に会った純血派の人達らしい。

「とりあえず、知っている範囲で良ければお話ししましょうか」

今までジェイにとっての魔法は、アーマガルトを守るために必要な力であった。

しかし、これからポーラに通う事を考えると、それが世間一般から見た場合どのような位置に存在するものかを知っておく必要がある。

婚約者同士の会話としては少々色気が無い話ではあるが、エラも必要な話である事は察してくれたようで、その日の晩は遅くまで話し込む事になった。

「……俺の魔法、ヤバくない？」

「ヤバいですねっ！」

「でも龍門将軍、動きを止める魔法を気合で破ってきたんだ」

「お父様もヤバいですねっ！」

そして話した結果、得た結論がこれであった。

翌日、シルバーバーグ商会から七大魔動機が到着。ジェイがそれをセッティングしている間に、アマイモケーキを作ってもらう。

その後ジェイ達は四人揃って挨拶回りを行った。新入生としては平均的な早さだろう。

婚約者が三人いる事についてはやっかみまじりに色々と言われたが、アマイモケーキの方は好評だった。後日、アマイモの売り上げが少し伸びるぐらいに。

「学生として王都にいる間、地元の産物を広める宣伝特使になる。よくある話ね～」

「パパが最新魔動機貸してくれたのも、そういう事だよね」

王国中から学生が集まってくるポーラの性質上、そういう面があるのは確かだった。

たかが学生、されど学生。将来の領主となれば、ただの学生ではいられないのである。

「あたしも実家から何か送ってもらいましょうか？」

「和平を進めるならアリ……か？」

明日香も興味を持ったようだ。無事に学園に到着した事を手紙で実家に伝えようと考えていた彼女は、ついでに産物を宣伝する話も伝える事にする。

「そうだエラ、入学までに他にやっておく事はあるかな？」

「そうねぇ……挨拶回りに行った家から返礼が来るだろうし、ああ、それとは別に挨拶が来るかもしれないわね」

「ああ、向こうから挨拶回りが来る事もあるのか」

元々学園では有名人のエラに加え、幕府の姫もいるとなると、周りからの注目度は相当高いと考えられる。使者の数は多いと見るべきだろう。

「が、がんばってね。ボクは日陰でひっそり咲いてるから……」

「逃がさんぞ。お前も婚約者として紹介してやる」

「うれしいけど、やだー！　面倒臭そうー！」

結局逃げる訳にはいかず、モニカも一緒に使者への対応に追われる事になった。

エラが詳しいおかげで特に問題が起きる事も無く、そつなくこなせたのだから重畳といえる。

そして返礼の使者がひと段落する頃、ジェイ達はいよいよ入学の日を迎える事となる。


さて、登校前にポーラ華族学園の制服について説明しておこう。

華族学園には三種類の制服がある。「屋内用」「野外用」「実戦用」の三つだ。

まず「屋内用」だが、これはブレザーの学生服に近い。

上着はごく薄い藍色《あい》、いわゆる「浅葱色《あさぎ》」で、襟の装飾が少々仰々しい。スラックスとスカートを選択できるようになっている。

この屋内用制服を選んだのはエラだ。本来ならばネクタイかスカーフを首に巻くのだが、彼女はブローチを身に着けていた。

「……エラ姉さん、スカート長くないです？」

「私は走り回ったりしないし、こんなものじゃないかしら？」

スカート丈に関しては公序良俗に反していない限り自由だ。最近の流行《はや》りは短めらしい。

「でも、ホントかなぁ……スカート短めにして玉の輿《こし》に乗った子がいるから流行ってるとか聞いたけど……ちょっと胡散臭《うさんくさ》い」

「あ、それ私の同級生～」

「マジで!?」

不意打ち気味のエラの言葉に、モニカは驚いた。まさか本当にいたとは。

「確かにその子もスカート短めだったけど、野外実習の時に救助したのが切っ掛けって話だから、スカート丈は関係無いはずよ？」

「えぇ……」

噂はあくまで噂である。しかし、その頃から流行し始めたのは事実であった。

しかしエラは、その流行に反してロングスカートを好んでいた。

更に彼女は、上品なケープを羽織っている。全体的にガードが堅く、有能な美人秘書のような雰囲気を醸し出してる。

「あ、そういうのもアリなんだ？　結構自由なんだね」

「昔は、こういうのが魔道具だったりしたから止められないのよ」

魔素をエネルギーに動く電化製品のような物が「魔動機」とすれば、「魔道具」はいわゆる魔法の杖《つえ》や魔法の護符のようなマジックアイテムだ。

魔法使いが減った今では、作れる人も少なくなっている希少品である。

昔は見た目はただのケープだが、実は魔法が込められた防具だったという事も多く、学園でも口出しできない領域だったのだ。

そのため華族学園では伝統的に装飾品は自由となっており、魔法使いが少なくなった今もそれが続いている。

次に「野外用」だが、こちらはボーイスカウト・ガールスカウトの制服に近い。

色は同じく浅葱色で、丈夫な半袖シャツにスカーフ、裾が長めの半ズボンだ。

「……なるほど、これだと確かにスカート丈は関係ないか」

そもそもスカートではない。

「でもズボンの丈も短かったわ、あの子」

結局のところ、どこまで影響があったのかは謎である。

その名の通り本来は野外実習用だが、その動きやすさから普段から着用している生徒も少なくなかった。「普段からジャージ姿で授業を受けている学生」みたいなものかもしれない。

この野外用制服を選んだのはモニカ。

彼女自身はインドア派なのだが、ジェイの魔法の練習に付き合って子供の頃から一緒に森に行ったりしていたのだ。ジェイと一緒ならばアウトドアでも大丈夫らしい。

更にフード付きのパーカーを羽織っている。少し大きめで、彼女の小柄さを際立たせている。

そんな彼女のズボンの丈は、下に履いているスパッツが覗くぐらいに短い。裾からむっちりした脚が伸びている。

ジェイが忙しくなってからは出不精になっていたのもあって色白だった。

最後に「実戦用」だが、ジェイと明日香がこちらを選んだ。

浅葱色のジャケットにピッチリした白いズボンとロングブーツという乗馬服のような出で立ち。その上に同じく浅葱色のロングコートを羽織るスタイルだ。

これは実戦演習用の制服であり、特にコートはちょっとした防具にもなる。主に将来騎士団を目指す者達や、領主となる者達に選ばれる事が多い。

こちらも野外用の制服と同じく、普段から着用しても良い事になっているのだが……。

「ジェイ、ジェイ、似合いますか？」

「おお、華やかだな！」

明日香が着ているのは、和風の色合いの軽やかなロングコートだ。腰から下はドレスのスカートのように広がっており、前が大きく開いている。

踊るようにくるんと一回転すると、スカートのような裾がふわりと揺れた。

「可愛いんだけど、そのスカーフその結び方は大丈夫なのか？」

ジェイは明日香の首元を指差す。彼女は大きめの赤いスカーフをリボン結びにしていた。それがモニカを上回る膨らみの上に載っている。

「大丈夫よ～、私の頃も流行ってたわ～」

「よし、なら素直に言える！　可愛い！」

「わーい♪」

感極まった明日香が、その動きやすさを発揮して飛びついてくる。

まるで弾むボールのような元気の塊を、ジェイは全身でしっかりと受け止めた。


「対してジェイ君の方は……なんというか無骨ね」

「え～、格好良いじゃないですか、エラ姉さん」

言葉を選んだエラと、素直に格好良いと思っているモニカ。

しかし、エラの言う事も間違っていない。ジェイの方は袖の無い黒が基調の陣羽織風のコート。左肩に追加装甲が取り付けられており、動きやすさと防具としての性能を両立させている。

二人が学校指定のコートを着ていないのは、エラのケープと大体同じ理由だ。

そもそもロングコート自体が、実戦的な演習を行う学生達のために最低限の防具として用意された物。下手なレザーアーマーよりも高い防御力を誇る。

ただ、戦闘スタイルというのは人それぞれなので、自前で用意するならば独自の防具を用意していい事になっていた。

華族学園は華族の後継者を育てるための学園だが、時には民を守るために戦う事もまた華族の役目。その技術を伸ばす事はあっても、制限を掛けるような事はあってはならないのである。

「二、三年になると学校指定のコートに追加装甲を付ける人が増えてくるわよ」

「へぇ～、お父さんに教えとこ」

自前の装備を丸ごと一式は無理でも、それだけなら……と考える者は多いらしい。

　なお、見た目が格好良くなるという理由だけで追加装甲を装着している者も少なからずいるのは秘密である。

「……で、俺達の方はこれでいいとして、エラはそれで通うつもりなのか？」

「もちろんよ～♪」

　念のために言っておくが、聴講生が制服を着なければいけないという訳ではない。単に彼女が、着たいから着ているだけだ。

　似合っているし、違和感も無いので、ツッコむにツッコめない。

「そういえばエラ姉さん。それってもしかして……学生の頃の？」

「ええ、そうよ～」

「入ったの!?」

「流石にお腹《なか》周りがキツくて緩めてもらったわ～。やっぱり運動しなくなるとダメね～」

「緩めてその腰!?」

　すらっと均整の取れた身体に、伸びやかな四肢。その所作振る舞いも美しい。

　令嬢というのはこういうものだと体現しているかのようなその姿。どうやらモニカには眩《まぶ》し過ぎたようで「おおおぉ……」と両手で目を押さえて悶絶している。

　後程学園に連絡を取ったところ、初めてのケースだが制服はどれも礼服として扱われているものなので、学園側から止めたりはしないとの事だった。

後は護身用の剣を腰のベルトに装着して準備は完了だ。従者達を連れて学園へと向かう。

学園は学生街の南にある。8番通りに出ると、学園に向かう学生達の姿がちらほらと見えた。今日は入学式に参加しない上級生は休みなので、皆新入生だと思われる。

「今日は獣車じゃないんだねぇ、あれ楽なのに……」

「ここで暮らし始めると、普段の移動で獣車を使う事は無いと思うわよ」

エラの言う通り、学生街、商店街、学園を移動するだけなら獣車は必要無いだろう。

学生街を抜けて少し進むと、淡い紅色の並木道に入った。

「うわぁ、きれい……」

枝いっぱいに花を咲かせる木を見上げ、モニカが感嘆の声を上げた。

「あたし知ってます！　郷桜《さとざくら》ですよね！　こっちにもあったんだぁ……」

「ええ、そうよ。今年も満開みたいね」

春の訪れを告げると言われる郷桜。桜並木が形作る花のアーチが学園まで続き、新入生達を出迎えていた。

「ほらほら、これも郷桜の色なんですよ♪」

くるりんと回ってロングコートの裾をひるがえす明日香。桜色のグラデーションが美しい。

郷桜は明日香の好きな花のようで、まるで踊っているかのような軽やかな足取りだ。

ジェイ達もその後に続き、花びらが舞い散る中を学園に向けて進んでいく。

「これ見れただけでも、来た甲斐《かい》あったかも……」

「モニカちゃんったら、またそんな事言って……。入学すればきっと楽しい事がたくさんあるわ。私もそうだったもの」

新入生に混じって制服を着ている卒業生は、そう言って優美に微笑んだ。

「はいはい、貴賓席はこっちっスよ～」

「あ～れ～……」

そして、校門前に着いたところで警備をしていた騎士達に連れて行かれた。

彼女の従者がその後を追う。流石に新入生に混じって入学式には出られないという事だ。

「……今の、検問所の人じゃなかったか？」

「えっ？　ああ、そういえばあの体格……」

正解である。騎士達の中でも一際大きい体格で目立っていた男は、橋の検問所でジェイ達の担当をした南天騎士だった。どうやら入学式警備にも駆り出されたらしい。

それはともかく、残されたジェイ、明日香、モニカは従者達と共に校門を潜《くぐ》った。

落ち着いた雰囲気の、荘厳ささえも感じさせる校舎が彼等を出迎える。

皆もその雰囲気を感じているようで、校門を潜った途端に背筋を伸ばし、姿勢を正す新入生も見受けられた。

新入生はまず、クラス分けを確認する。これによって入学式での席が決まる。

「ボ、ボク達、おんなじクラスだよね？　分かれたりしないよね？　ね？」

「婚約者同士は同じクラスになるから大丈夫だ」

在学中に婚約が決まった場合も、どちらかのクラスに移籍する事になっている。

「俺達は……白兎《はくと》組か」

「おめでたいですねっ！」

「ていうかクラス名、動物なんだ……」

「旗に使われるそうだ。ほら、あれ」

ジェイが指差す先には、並べて掲げられたクラス旗があった。

華族学園では、クラス名には基本的におめでたいとされる動物などが使われる。

ご覧の通りクラス旗の意匠に使われるというのもあるが、1組、2組という風に順位を付けるような名前になってしまうと、それはそれで問題が起きてしまうのだ。

入学式の席の位置を確認すると、式が行われる大講堂へ。従者はここまでで、中に入るのはジェイ達三人だけだ。武器の持ち込みも禁止なので、それも従者に預ける。

大講堂の中に入ると、席は左右二つに分かれていた。

奥に講壇があり、その背後には大きな女性の絵が飾られている。

既に半分ぐらいの新入生が席に着いていたが、その多くが緊張した面持ちで、未知の学生生活に不安そうにしている者も少なくない。

ジェイ達は幕府の姫である明日香がいるためか左側の最前列だった。中央の通路側の端から明日香、モニカ、ジェイの順に座る。

右側は来賓席であり、最前列に座っていたのは冷泉宰相だった。

白髪交じりの髪をオールバックにしており、目付きの鋭さと鷲鼻《わしばな》が印象に残る。

細身で長身。姿勢も良く、座る姿がピシッとしていた。

「……来たか」

その冷たさを感じさせる声に、モニカは思わずジェイに近付いて距離を取る。

なお宰相の隣にはエラが座らされており、ジェイ達に小さく手を振ってきた。

冷泉宰相はそれ以上何も言わず、緊張した雰囲気の中で待っていると、やがて新入生も集まり終えて入学式が始まった。

まずは在校生代表として、威風騎士団団長こと『風騎委員長』トレイス＝周防《すおう》＝シーザリアの歓迎の挨拶だ。

彼がこの学園の生徒の代表、「生徒会長」のような立場といえば分かりやすいだろう。

細面の周防は、両手を掲げて芝居がかった仕草で挨拶を始める。

「新入生諸君！　まずは君達を歓迎しよう！」

挨拶の内容自体は無難なもの……だったが、途中から段々とヒートアップしてくる。

「現在、威風騎士団は新入団員募集中である！　腕に自信のある者は我が下へ集え！　この後すぐにでも！　この前も事件が起きて大変なの!!」

そして興奮気味に風騎委員の募集を始める。すると風騎委員らしき人が壇上に現れ、当て身を食らわせ、そのまま周防を引っ込めてしまった。

新入生が呆気《あっけ》に取られている中、何事も無かったかのように入学式は続けられる。

次に壇上に上がったのは、来賓代表の冷泉宰相。壇上から新入生達を一瞥《いちべつ》する氷のような視線に皆身がすくむ思いだ。

挨拶自体は厳しく、新入生達に勉学に励むように促すものだったが、それを聞いていた新入生達の気持ちはひとつだった。

何故あれの後で、平然と、何事も無かったかのように挨拶できるのだと。

冷泉宰相、宮中では『氷の宰相』と呼ばれ恐れられている男である。

最後は学園長による挨拶だ。

学園長は頭を丸め、髭も無い老人だ。しかし羽織ったフード付きのローブの上からでも分かるぐらい体格はガッシリしており、年齢程の衰えは無さそうだ。

冷泉宰相と比べると、優しそうな印象を受ける。しかし最前列のジェイは、宰相や祖父レイモンドとはタイプが異なるだけで、彼も只者《ただもの》ではないと感じていた。

「さて……君達は今日こうして華族学園の門を潜った。中には内都の幼年学校を卒業した者もいるだろうが……ここはあえて『これまでとは違うぞ』と言っておこう」

そこで学園長は振り返り、背後の女性の絵を仰ぎ見た。

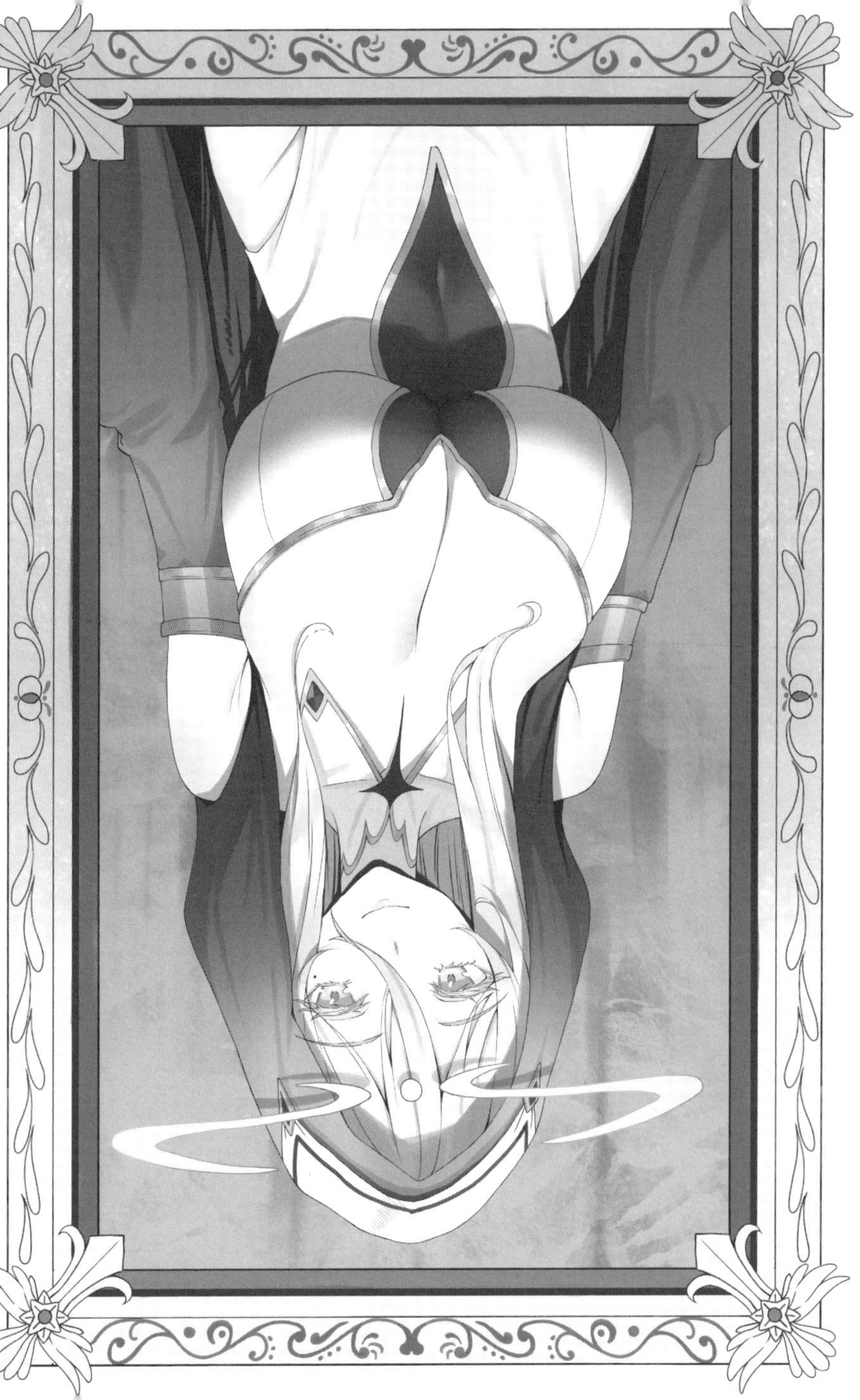

「この女性こそが、学園の創始者『賢母院《けんぼいん》』ポーラだ。彼女は優れた統治者こそが国に、民に平和をもたらすと考え、この学園を創った」

その学園長よりも若そうに見える女性は、学園長と同じローブを身に着けていた。フードも被《かぶ》っているため頭巾を被った尼僧のようにも見える。

「君達は成人したと認められたのだ。もはや『幼年』ではないのだ。学生街の宿舎がそうであるように、君達は一つの家を任せるに足ると認められたのだ」

その言葉に、一部の新入生がざわつく。学園長は一息ついて、手を挙げて皆を静まらせる。

「今はまだ分からぬ者がほとんどだろう。だが、それで良い。それを学ばせるためにポーラ華族学園があるのだ。新入生諸君、大いに学びたまえ。分からぬ事があれば教師達を頼りたまえ。ポーラ華族学園はそのためにあるのだ」

いつしか大講堂はしんと静まり返っていた。新入生達は皆真剣な面持ちで学園長の話に耳を傾けている。

「そしてそれは、君だけでなく、君の周りの人達も守る事につながるだろう。学園での三年間が、君達にとって実り多きものとなる事を祈る！」

そう言って学園長は話を締めた。そして入学式は幕を閉じる。

いつの間にか新入生達の顔付きは、希望に満ちたものになっていた。

2章　疾風！　風騎委員

　ポーラ華族学園に入学したジェイ達。それから一週間、平穏無事な学生生活……という訳にはいかなかった。

　入学式の翌日から、風騎委員長である周防が連日教室を訪れるためだ。

「頼む、ジェイナス君！　威風騎士団に入ってくれ！」

　目的は言うまでもない。ジェイのスカウトである。しかしジェイは、それを断り続けていた。

　今日も今日とて周防委員長のスカウト攻勢をかわしたジェイは、クラスメイトの友人二人と下校していく。

　婚約者達は、今日はお茶会に参加という事で一緒ではない。モニカは逃げようとしていたが、明日香に引きずられていった。

　聴講生として学園に舞い戻ったエラは、意外にもクラスメイトから慕われていた。

　当初は卒業生なのに制服を着て現れた彼女に驚き戸惑っていたようだが、話してみると面白く、学園にも詳しい彼女は、皆から姉さんと呼ばれるようになっていた。

　幕府の姫である明日香も、当初はクラスに馴染《なじ》めるか心配だったが、エラの方がインパクトが強かったようで、特に気にされなかったようだ。

　モニカもその恩恵を受け、華族でないなどと言われる事も無く、こちらは平穏そのものである。

「そもそも風騎委員って、騎士団を目指す人達の修行の場なんだろう？」

「まぁ、そういう側面もあるな」

友人の一人は入学前に出会ったオード＝山吹＝オーカー。同じクラスだったので、そのまま親しくなった。相変わらず仰々しく自己主張の激しい七三分けである。

「それに、君のところの婚約者は三人とも同居だろう？　風騎委員なんかにかまけている暇があるのかい？」

もう一人はラフィアス＝虎臥《こが》＝アーライド。ジェイよりも少し背が高い長身の優男で、身嗜《みだしな》みも整ったいかにもエリートといった雰囲気の男だ。

彼もまたクラスメイトであり、ジェイは男子の中ではこの二人と特に仲が良かった。

実はラフィアスも領主の跡取りであり、三人の婚約者がいる。二人が親しくなったのは、その辺りに相通じるものがあったからでもあった。

「そっちは同居じゃないんだったな」

「ああ、制服を着て学園に戻ってくるような婚約者じゃなくて良かったよ」

「え〜、吾輩はポーラまでついて来てくれるぐらいの方が嬉しいぞ」

といってもラフィアスの方は、婚約者達はポーラに来ていないようだが。

「まぁ、修行もあるし仕方ないさ。未熟者が一人でやるのは危険だ」

「ハッハッハッ、大変だな魔法使いというのも」

実はラフィアスは魔法使い、いわゆる『純血派』の家系の生まれだ。

婚約者も皆魔法使いだが、彼に言わせればまだまだ未熟者らしく、ポーラ島に連れて来ていないのもその辺りが理由であるらしい。

ちなみにジェイの魔法は全て独学である。結果的に問題は無かったが、ラフィアスがその話を聞けば、危険な橋を渡ったと呆れた事だろう。

ジェイは基本的に、魔法が使える事を伏せていた。しかし、ラフィアスはその事を誇りに思っているようで、入学当初から堂々と魔法使いであると名乗っていた。

そのせいで、少々クラスから浮いている面があるのも否定はできない。

三人が仲良くなったのも、それを見かねてオードが声を掛けたのが切っ掛けだった。

「そもそも風騎委員なんていうのは、継ぐ家が無い者がやる事さ」

「……ノーコメント」

「否定しないという事は、そういう事だろう？　ジェイナス」

あえて言葉にしないジェイに、ラフィアスはニッと笑った。エリート意識が高く、言葉に棘《とげ》があるのが玉に瑕《きず》である。

しかし、確かに彼は、間違った事は言っていない。兄姉がいるなどで家を継げない者が、騎士団での立身出世を目指す。風騎委員にそういう境遇の人が多いのは事実であった。

その日の夕食後、ジェイ達は、魔動テレビのある居間で寛《くつろ》いでいた。

明日香とモニカは、テーブルを囲むソファの、テレビに近い位置に陣取り、人気ドラマ『セルツ建国物語』に夢中だ。

かつてこの地を支配していた『暴虐の魔王』を打倒するため、立ち上がった騎士と武士の物語。いわゆる大河ドラマである。

建国物語は昔からモニカがファンだったので、ジェイもよく知っている。

その名の通り物語仕立てなためか、ジェイは前世で読んだファンタジー小説のようだと感じ、既視感のようなものを覚えていた。

ジェイもドラマが気にならない訳ではなかったが、今はスカウトの方をなんとかしたい。

そこでテレビから離れた所でテーブルを挟み、エラに相談を持ち掛けていた。

「う〜ん、その子が言ってるのは間違ってないわね〜。騎士団のためでもあるけど」

「そうなのか?」

「騎士団としても、風騎委員で学んできた子の方が入団させやすいもの」

「即戦力ってヤツか……それだと、家を継ぐ俺には、やっぱり関係無いのか?」

「それはジェイ君次第かしらね〜♪」

そう言ってエラは笑った。どういう事か分からず、ジェイは首を傾げる。

「この前レストランで事件が起きた時、ジェイ君首を突っ込んだでしょ? あれ、ホントはいけない事なのよ。騎士の仕事だから」

「……そうか、アーマガルトじゃないから」

同じ「領主の息子」でも、自領とそれ以外では扱いが異なる。このポーラ島においてのジェイはあくまで学生であり、客人なのだ。

レストランでの立てこもり事件に首を突っ込んでも問題にならなかったのは、ひとえに宮中伯である冷泉宰相の孫娘エラが口を利いてくれたからに他ならない。

宮中伯というのは領地を持たずに宮廷に仕えるいわゆる宮廷華族、その中でも幹部クラスの者達を指す。大臣相当の立場の者と考えると分かりやすいだろう。

領地を持たないと言うが、宮中伯となるとどこかの王家直轄地の代官をしている事が多い。たとえば冷泉家は、代々ダーナ区の代官を務めている。

「風騎委員って、学生の間のみの臨時とはいえれっきとした騎士だから、思わず事件に首を突っ込んじゃっても大丈夫なのよ～」

「むっ……それは……」

少し、心が動いた。

ジェイが、アーマガルト領内で起きた事件に介入したのは一度や二度ではない。

魔法の力を試したかったというのも否定しないが、領民を傷付ける者が許せなかった。

何より解決できる力があるのに、何もしない事に耐えられなかったのだ。

レストランの件も、あの場に自分がいなければどうなっていたかと思うとぞっとする。

思わず身震いし、カップの飲み物を口に含んだ。

「でも、風騎委員って町の事件には関われませんよね？　基本的には」

「ええ、この前みたいに南天騎士団から要請されない限りは……抜け道はありますけど」

最後の方は小さな声だった。しかしジェイは聞き逃さず、思わず身を乗り出す。

「……抜け道？」

「現場に駆け付けちゃえばいいの。それでお手伝いしま～すって言えば」

「追い返されないか？　それ」

言い方を変えれば「押し掛け援軍」である。

「普通だったら追い返される事もあるけど、風騎委員だったら通りやすいそうよ♪」

「な、なるほど……」

れっきとした役職持ちの騎士である分、ただの学生よりは信用があるという事だ。

「あと、そうねぇ……最初に事件を見つけて南天騎士団に報告した場合、それを優先して捜査する権利が与えられるわ」

「えっ？　それは、風騎委員でも？　いいのか？」

「それを認めなかったら、功績を挙げるチャンスを横取りする事になるもの」

「ああ、そういう……」

騎士同士だからこそ起きる面子の問題である。

これが風騎委員以外の学生からの報告ならば、そのまま南天騎士団で捜査するだろう。

「でも、それで風騎委員に捜査させるのも問題にならない？　南天騎士団的に」

「だから、援軍って形で南天騎士が付けられるそうよ」

「ああ、そっちも押し掛け援軍してくるって事ね……」

とはいえ、捜査を任されるという事は、それで事件が解決できなかったりした場合の責任も負う事になる。

それを恐れて、報告後捜査は南天騎士団に任せるという風騎委員も珍しくないとか。

それを聞いてジェイは、自分ならば任せずに捜査するだろうと思った。

「ですので私としては、前みたいに身体が勝手に……って感じで首を突っ込んじゃうなら風騎委員になっておいた方が良いかもって思いますよ」

エラの口調は軽いが、その内心を見透かしているかのように真っ直ぐに見据えてくる。

「いや、皆が追い付いてくるまで待つぐらいの自重は……」

「急に消えて、心配したんですからね？」

「……すいません」

ジェイは素直に謝り、エラは「よろしい」と頭を撫でた。

エラがまたクスクスと笑い、ジェイも頭を上げ、釣られて笑ってしまう。

「なになに、ジェイ。風騎委員に入るの？　まぁ、ジェイには合ってるかもねぇ。昔から事件とか放っとけなかったし」

「つまり風騎委員になって、この前みたいに事件解決ですねっ！」

するとモニカと明日香も釣れた。いつの間にかドラマは終わったようで、二人もカップを持ってジェイの両隣に移動してきた。

「あらあら、二人も賛成みたいね～♪」

「あたしも風騎委員になって、一緒に戦いますっ！」

「ば、幕府の姫がそれはどうなんだろ……？」

元気いっぱいの明日香に、戸惑いつつ首を傾げるモニカ。

そんな微笑ましいやり取りを眺めながら、彼の心は風騎委員になる方向へ傾いていくのだった。


後日、ジェイは風騎委員室に赴き、スカウトを受ける旨を伝える。

同行しているのは一緒に風騎委員に入るつもりの明日香と、ジェイの家臣と明日香の侍女だ。エラとモニカは来ていない。

「そうか！　風騎委員に入ってくれるか！　歓迎するぞ、ジェイナス君！」

風騎委員室奥の執務机で仕事をしていた周防委員長は、椅子を倒しそうな勢いで立ち上がった。

そしてジェイに歩み寄って手を取り、肩をバシバシと叩いて喜びを露《あら》わにする。しかし、その腕は細く、あまり痛くない。

大騒ぎの周防委員長に、部屋にいた他の風騎委員達は何事かとジェイ達を見ている。

「改めて名乗ろう。私は風騎委員長、トレイス＝周防＝シーザリアだ」

周防家は、内都で暮らす宮廷華族だ。ただし冷泉宰相のような高位の家ではないらしい。

「君がいれば百人力だ！　今年は、風騎委員躍進の年となるだろう!!」

相変わらず声は大きく、芝居がかった仕草である。

サラサラの髪に、目鼻立ちの整った顔。爽やかな笑顔で、社交パーティーにいれば目を惹きそうだが、騎士としてはさほど強くなさそうだ。

「……ところで、隣のお嬢さんは？」

「はい！　龍門伊織明日香です！　あたしも風騎委員に入りたいですっ!!」

今日も元気いっぱいの明日香だ。彼女が幕府の姫である事は、当然彼も知っていた。

しかし、留学生が風騎委員になってはいけないという法は無い。

「……ジェイナス君、彼女の実力は？」

「結構強いですよ。小さい頃から龍門将軍に鍛えられていたみたいで」

「う、う～む……よ、よし分かった。君達は二人で組んで活動するといい」

「わ～い♪」

「君の婚約者なのだから、彼女の安全については君が責任を持つように。あまり危険な事はやらせてはいかんぞ！」

「当然です」

結局周防委員長は、明日香も風騎委員に入る事を認めた。ここで下手に断って、ジェイが「それじゃ俺も止めます」となるのを恐れたのかもしれない。

「待て、周防！」

これで話はまとまったと思った瞬間、大声でそれに待ったをかける者が現れた。

「どうしたアルバート？」

水を差された周防委員長が、眉をひそめて問い返す。

その男は三年生の風騎委員。周防委員長に対してタメ口なのは同学年だからというのもあるだろうが、そのエリート然とした上から目線を見るに彼を見下している面もありそうだ。

そして周防も現状では実績が無いため、それについて指摘する事ができないでいた。

その態度はジェイ達に対しても変わらず、それどころか明らかに敵意を向けてきている。もっとも龍門将軍を知る二人は意にも介さないが。

「風騎委員は、騎士団を目指す者達のためのもの！　領主の跡取りを入れる必要は無い!!」

アルバートの主張はこうだ。対する周防委員長も握り拳を掲げて反論する。

「何を言うか！　騎士団を目指すためにも、風騎委員は活躍の場を広げねばならんのだ!!」

「仮に新入生の力でそれが叶《かな》ったとしても、騎士団の目は新入生に向けられるだろう！　騎士団入りする事は無い新入生にな!!」

ジェイ達が加わる事で、自分達が武功を立てるチャンスが減ると考えているようだ。

「ジェイ、ジェイ、風騎委員って町の平和を守るためにあるんじゃ？」

「あいつにとってはそうじゃないみたいだな。あと、正確には学園な」

こっそり聞いてきた明日香に、ジェイも小声で答えた。

なお彼の言う通り風騎委員は学園の治安を守るためのものであり、町の事件に首を突っ込む場合は、基本的に南天騎士団の援軍扱いである。要請されて行くか、押し掛けるかの違いはあるが。

その声に呆れの色を感じた明日香は、きょとんとしてジェイの顔を覗き込む。

彼が呆れているのはアルバートに対してだ。味方をライバル視するのが過ぎるタイプである。

似たような者を戦場で見てきたジェイは、こいつもかと冷めた目で彼を見ていた。


その間にも二人の言い争いは続いている。ジェイと明日香は遠巻きに見ていたが、アルバートに感化されたのか、ジェイ達に猜疑《さいぎ》的な視線を向ける者もちらほら出てきた。

それを察知した周防委員長は、即座に切り返す。

「確かにジェイナス君が活躍すれば、彼に注目が集まるだろう！　それは当然だ、否定しない！」

周防委員長は芝居がかった動きで振り返りつつ両腕を広げ、他の風騎委員達にも訴えかける。

「だが！　それによって風騎委員の活躍の場が広がれば、それだけ皆が武功を立てるチャンスも増えるのだ!!」

まずチャンスが無ければ話にならない。だから前委員長によって閉塞《へいそく》してしまった今の状況に、ジェイの力で風穴を開けたいというのが周防委員長の考えだ。

その言葉に、他の風騎委員達は顔を見合わせ、そして頷く。彼等もまた前委員長の下で燻《くすぶ》ってきた者達だ。チャンスさえあれば……そう考えていた者は少なくない。

「騙《だま》されるなッ!!」

しかし、その流れをまたもやアルバートが遮った。

「いくら武功を立てようとも、結局目立つのはこいつらだ！　俺達じゃない!!」

そう言って周防委員長を、そしてジェイを指差す。

それに対し、周防委員長は怪訝《けげん》そうな顔をする。

「……待て、どうしてそうなる？　武功を立てればニュース番組の取材ぐらい来るだろう。華族学園の放送部だって見逃すはずがないだろう」

「そんなはずは無い！　あいつらだって『アーマガルトの守護者』なんて虚名に群がるに決まっているじゃないか!!」

ジェイの眉がピクリと動いた。何か言おうとする前に明日香が柄に手を掛けようとしたので、それを手で制す。

『アーマガルトの守護者』の名は、第五次サルタートの戦いで龍門将軍を撃退し、その後もダイン幕府相手に国境を、セルツ連合王国を守り続けたからこその名。

それを虚名扱いするのは、明日香の父である龍門将軍の強さも疑う事に他ならない。彼女が怒ったのはそれが理由である。

では、当のジェイがどういう反応をしているかと言うと……思いの外冷静だった。

そもそも『アーマガルトの守護者』と呼ばれるようになってから、大人の騎士から実力を疑われた事など一度や二度では済まない。

そのため慣れてしまっており、今ではこの程度の事では目くじらを立てなくなっていた。

その様子に、アルバートは更に調子に乗って捲し立てる。

「サルタートの戦いだったか？　子供の指揮で勝てたなど、どうせ大したものでは……ぐっ!?」

そこでアルバートの言葉が止まった。

「そこまでですよ……先輩」

気付かぬ内にジェイが近付き、彼の喉元《のどもと》に剣の切っ先を突き付けていたのだ。隣にいた明日香も見逃してしまうような一瞬の踏み込みだった。

ハッと気付いた周防委員長、焦りの表情で声を張り上げて止めようとする。

「止めろ、アルバート!!」

ジェイではなく、アルバートの方を。

「な、何を言うか周防！　止めるならこの新入生の方だ！　皆、狼藉者《ろうぜきもの》だ！　斬ってしまえ!!」

だがアルバートは、周りの風騎委員を煽《あお》る。

しかし、彼等は戸惑いながら顔を見合わせるばかりで動かない。

「な、何をしている!?　こいつは風騎委員を……！」

「まだ分からんのか!?　今貴様《きさま》が何を言おうとしたのか!!」

アルバートは先程、第五次サルタートの戦いを大したものではないと言おうとしていた。ジェイの力を疑い『アーマガルトの守護者』は虚名と言った流れなのだろう。

しかし、言ってしまったら、それだけでは済まされなくなっていた。

「あのサルタートの戦いで、この国を守るためにどれだけの犠牲が出たと思っている？　言うに事かいて貴様は、その戦いを大した事がないと言おうとしたのだぞ!!」

「なっ……!? そ、そんなつもりは……！」

「貴様に自覚があったかどうかなど、それこそ些末《さまつ》だッ!!」

「言っておきますが……あの戦いはアーマガルト軍だけでなく東天《とうてん》騎士団や内都からの援軍も参戦していました……」

喉元に切っ先を突き付けたまま、ジェイは言う。つまり、援軍からも犠牲者が出たという事だ。

先程の言葉を最後まで言い切った時、彼の敵に回る人間の数は、おそらく彼が考えているよりもはるかに多いだろう。

「さぁ、理解したなら撤回して謝罪しろ、アルバート！」

「ぐっ……ぬぅ……！」

唸《うな》るアルバート。喉元に突き付けられた切っ先に脂汗が止まらない。腰のレイピアの柄に手を掛けようとするが、ジェイの眼光にその手が止まってしまう。

周りに助けを求めるように視線をやるが、彼を助けようと動く者はいなかった。それどころか彼等の視線はむしろアルバートを責めるようなものになっていた。

「こ、このまま引き下がれるか！　けけ、決闘だッ!!」

だが次の瞬間に彼の口から飛び出したのは、謝罪とは程遠いものだった。

「アルバート！　ジェイナス君、これは……」

「……受けますよ。戦友達の名誉も懸かってますから」

周防委員長は止めようとするが、こうなるとジェイとしても退《ひ》けない。彼は温厚ではあるが、厄介事を避けて逃げるタイプではないのだ。

婚約者ならば止めてくれないかと風騎委員達の視線が明日香に集まる。

「ジェイ、やっちゃってくださいっ!!」

しかし彼女は、むしろジェイの背を押していた。彼女も父親を侮辱された立場である。

どちらも退けない。こうなってしまった以上、二人の決闘は不可避であろう。

周防委員長は「どうしてこうなった」と頭を抱えつつも、決闘の作法はしっかり守らせねばと頭を切り替えるのだった。


周防委員長が手続きを取り、演習場を借りる。演習などで使われる校内闘技場である。

華族子女が集まるこの学園には、学園内で行われる決闘に関する校則もあった。

先程のジェイがそうだったが、華族として名誉に関わる事だと引くに引けなくなる事がある。そこで極力怪我人、死人が出ないようにと定められた校則である。

校則に則《のっと》り中立の立会人となるのは周防委員長。それにジェイとアルバートの二人が闘技場の舞台に立ち、更に六人の風騎委員が周りに控えている。いざという時に止めに入る役だ。

明日香や他の風騎委員達は少し離れて見守っている。ジェイの家臣に伝えられて、エラとモニカも駆け付けていた。

周防委員長としては、今回の事を表向きは新入委員のテストという事にしておきたいため部外者に見られたくなかったが、決闘者の婚約者となると断る事ができなかった。

もちろん、エラ達に他言無用だと頼むのを忘れない。

「言っておきますけど……ボクだって知り合いが帰ってこなかったのを経験してますからね？」

モニカは既に家臣から事情を聞いて不機嫌だったが、ジェイと決闘すると聞いて矛を収めた。

周防は「もちろんだ、風騎委員の名に懸けて二度とあのような事はさせん」と答えて舞台の方へと戻っていった。「アルバート、貴様が考えている以上に敵に回した数は多いぞ」と呟きながら。


舞台に戻った周防委員長は、準備を終えた二人を見て最後の確認をする。

「……アルバート、始める前にもう一度だけ聞いておく。撤回して謝罪する気は無いのだな？」

「…………」

周防委員長はなんとか思い留《とど》まらせようとするが、アルバートは答えない。その目は憎しみを込めてジェイを睨《にら》み付けている。

アルバートに言わせれば、撤回して謝罪したところでどうなるのだという話だ。

先程の同僚達からの目、仮に謝罪したところであれが元に戻る事は無いだろう。

ここから起死回生する方法はひとつ。この決闘に勝ち『アーマガルトの守護者』は虚名であると自身の手で証明するしかない。

決闘では試合用の木製武器を使うよう校則で定められている。試合場の脇に武器を並べて立てかけた棚が用意され、その場で決闘者は武器を選ぶ。

アルバートは迷う事無く一番大きなポールアックスを選んだ。

「貴様……！」

「周防委員長、俺はそれで構いませんよ」

周防委員長はすぐさまアルバートの意図を見抜いて止めようとするが、ジェイがその武器でいいと承諾。自らはショートソードを選んだ。

校内での決闘は木製武器を使うというルールがある一方で、防具に関しては特に決まりは無かった。そのため二人とも自前のロングコートを身に着けている。

ジェイが陣羽織コートなのに対し、アルバートは学校指定のロングコートに籠手《こて》と金属製の額当てを縫い付けた鉢巻、いわゆる鉢金《はちがね》を装備している。

先程はレイピアを持っていた事からも分かる通り、彼の戦闘スタイルはスピード重視のいわゆる軽戦士スタイルだ。

にもかかわらず彼は一番大きなポールアックスを手に取った。それは何故か？

ひとつは先程首に突き付けられた事で、ジェイの武器がかなり短い物だと気付いたからだ。

実際ジェイの武器は刃渡りが短い。国境を接している事もあってダインの刀の影響を受けた片刃の直刀で、太刀と脇差《わきざし》の中間ぐらいの長さだ。

それに対してアルバートは、リーチの長い長柄武器を振り回して対抗しようとしている。

もうひとつの理由は……その大きさからくる重量だ。

当たり前の事だが、木製武器だからといって危険が無い訳ではない。

その重量を振り回す事によって生まれる破壊力。当たり所が悪ければ――いや、あわよくばこれで仕留められるかもしれない。

『アーマガルトの守護者』は虚名。起死回生するにはそれを証明するしかなく、そのためには完膚なき勝利が必要だ。アルバートはそう考えていた。

そしてジェイもまた、彼の意図に気付いていた。その上で問題無いと判断していた。

「ええい！　怪我人を出すなとは言わんが、死人は出すなよ！　これはフリではないぞッ!!」

もう止められない。そう判断した周防委員長は、ヤケクソ気味に決闘開始を宣言するのだった。


「死ねぇッ!!」

「ジェイ君！」

最早なりふり構わず本音を隠さないアルバート。荒事に慣れていないエラが、観客席から悲鳴のような声を上げる。

周りの風騎委員達も、これは止めねばならないかと身構えるが……それは杞憂《きゆう》に終わる。

「くそ！　くそっ！　何故当たらん」

必死の形相でブンブンと振り回されるポールアックスを、ジェイは軽々と避《よ》けている。

「大丈夫だよ、エラ姉さん」

「そ、そうなの……？」

「あれ、長柄に慣れてませんね」

モニカは意外と慣れた様子を見せ、明日香もまた意外と冷静に分析していた。

一方的な攻防がしばし繰り返され、攻撃を続けているアルバートの方に疲れが見えてきた。

「避けてばかりじゃないぞ？」

その言葉と同時にジェイは、再びアルバートの喉目掛けて真っ直ぐに突く。

武器に振り回されてる状態のアルバートにそれを止める術《すべ》は無く……切っ先は喉に当たる直前で止められた。もちろんわざとだ。

「周防委員長も言っていたが、俺からも言っておこう。撤回して謝罪するなら今の内だぞ？」

そして降伏を促すが、ジェイはまったく気を抜いておらず鋭い眼光がアルバートを射貫く。

「どうする、アルバート？」

勝敗は明らかだ。そう判断した周防委員長も、怪我人が出る前に降伏を促す。

「う……うぅ…………うわあぁぁぁぁぁぁッ!!」

だが、後が無く追い詰められているアルバートは、それを受け容れる事が無かった。

アルバートはポールアックスを大きく振りかぶってフルスイング。

だが、それに合わせてジェイが木剣を一閃。アルバートは不意に武器が軽くなり、勢い余ってたたらを踏む。

慌てて体勢を立て直し武器を確認、そして驚愕《きょうがく》に目を見開いた。ポールアックスの先端、斧頭《ふとう》の部分がスッパリ斬り落とされていた。

ハッとなってジェイを見ると、その手には先程までと同じくショートソードサイズの木剣が握られている。

アルバートの背後で何かが落下する音。彼にはそれを確認する余裕は無かったが、それが何であるかは分かった。斬り落とされた斧頭だ。

「ま、まさか！　それで斬ったというのか⁉」

ジェイは答えないが、間近で見ていた周防委員長達は見ていた。彼が木剣で木製とはいえポールアックスの柄を斬ったところを。

周りの風騎委員達もざわめきだす。彼等にもできるかと言われれば、答えは否だ。武器破壊だけならできるかもしれないが、その時は自身の木剣も無事では済まないだろう。

だが、ジェイの持つ木剣は今も無傷だ。どれだけの腕があればそんな事ができるのか。彼等には想像もできなかった。

ここにきてアルバートもようやく気付いた。自分がどんな相手に喧嘩《けんか》を売ってしまったのかを。

そして目に入ったのは斧頭を失った柄の先端。斬られたため先端が鋭利になっている。

まだだ、まだやれる。両腕で柄を構え、ジェイに突き刺そうと身体ごとぶつかっていき……。

「甘いよ」

ジェイが手にしていた木剣の柄頭を、カウンター気味に鉢金に叩き込んだ。

その一撃は見事にアルバートの意識を刈り取り、彼はぐらりと倒れた。

「そこまで！　勝負ありだ‼」

即座に決着を宣言する周防委員長。こうして決闘は、ジェイの勝利で終わった。

「やりましたね、ジェイ！」

真っ先に駆け付けて、飛びついてきたのは明日香。

「どちらも大きな怪我もせずに終わって良かったわ……」

遅れてエラもやってくる。かなり心配していたようで、胸を撫で下ろした様子だ。

そしてゆっくりやってきたモニカは、黙って微笑みかける。ジェイが勝つのは分かっていたと言わんばかりで、どこか自慢げだった。

一方周防委員長は、アルバートを保健室に運ばせた後、風騎委員を集めて話をしている。ジェイと明日香の風騎委員入りについてだ。

「お前達、これでジェイナス君の風騎委員会入りに文句は無いな⁉」

「えっ、アルバートしか文句言ってな……」

「シッ！　そういう理由の決闘だったって事にしたいんだよ」

この戦いの後で文句を言う者がいるはずも無く、ジェイと明日香は風騎委員に受け入れられる事となった。特にジェイは、桁外れの実力者として。

その後アルバートは治療を受けたが、目を覚ましても風騎委員室に戻ってくる事は無く、逃げるように帰っていったそうだ。

そして風騎委員達への話を終えた周防委員長は、改まった態度でジェイ達の所へやってきた。

「君達にこれを渡しておこう」

そう言って手渡してきたのは、風騎委員の腕章。実戦用制服に腕章着用。これが風騎委員の基本セットとなる。

「コホン……早速だが、君達に頼みたい事がある！」

「いきなりですか？　こう、訓練とか……」

「確かにあるが……それは騎士団を目指し、かつ従軍経験の無い者達が受けるものだから受けんでいい。これは特別扱いではないぞ」

「分かりました。では、頼みたい事とは？」

「うむ、君達には主に、町を巡回してほしい」

「……事件を探して、首を突っ込めと？」

ジェイは怪訝そうな顔になる。確かにそれができるようになる事も目的だったが、風騎委員の本来の役割は校内の治安を守る事だ。

「その通りだ！」

しかし周防委員長は、意にも介さず話を続ける。

「そもそも、ポーラは週休四日だからな。校内巡回に手を抜くつもりは無いが、そもそも学園内に生徒がいない時間の方が長いのだ」

「それは、まぁ……」

休み過ぎと思われるかもしれないが、これにはれっきとした理由がある。

というのも華族家と一言で言っても、家によって跡取りとなる者が学ばなければならない事は千差万別なのだ。

たとえば領主華族である昴家と、宮中華族である冷泉家では、日々の仕事などが大きく異なる事は想像に難くないだろう。

そこでポーラでは週三日で全ての華族家で必要とされる礼法や常識を教え、それぞれの家で必要となる専門的な事は、残りの四日で自主的に学ぶ事になっていた。

そのため華族学園には様々な専門分野に特化した選択授業があり、「塾」や「道場」等もある。

先程のアルバートが良い例だ。武器というのはただ持てばいいものではない。扱う技術があってこそ強くなれる。実際この島には、武器の種類ごとに道場があった。

「去年の風騎委員は、正に傷付き地に落ちた小鳥のようであった……」

つまりは「鳴かず飛ばず」という事である。

去年の風騎委員長は学園外の巡回にあまり熱心ではなく、また南天騎士団も彼等を当てにせず、援軍に呼ばれる事がほとんど無かったそうだ。

「おのれ、自分の将来が安泰だからと日和《ひよ》りおって！　私が騎士団長となったからには、去年と同じようにはさせん！」

この辺りは風騎委員長の性格などが出るらしい。

去年の風騎委員長は騎士団幹部の家の生まれで、大過なく卒業できれば騎士団入りは確実だったため、部下の委員達にも学園外巡回を控えさせたというのが真相であった。

対して周防家は、宮廷華族といっても宮廷に出仕している訳ではない。役職を持たない平騎士。いわゆる「無役騎士」だ。

そんな彼が他の風騎委員を差し置いて委員長になれたのは、ひとえにその指揮能力の高さと作戦立案能力のおかげだった。

その能力を遺憾なく発揮し、自分について来れば功績を挙げさせてやると風騎委員達をまとめ上げて、彼は風騎委員長の座を勝ち取ったのだ。

彼の目標は、実績を挙げた風騎委員長として大々的に騎士団入りする事であった。

そんな彼が、入学前に鮮やかに事件を解決してみせたジェイのスカウトに躍起になるのは、ある意味当然の流れだったのかもしれない。


三年前の第五次サルタートの戦い。それはセルツ連合王国とダイン幕府の国境であるサルタート川を舞台に行われた戦いだ。

幕府のトップである龍門征異大将軍自らが総大将となった親征であり、両国の間で行われた戦いの中で特に大規模だったもののひとつだ。

それに対抗するのはアーマガルト軍と東の国境を守る東天騎士団。

問題は一人で戦局をひっくり返す事もできるであろう龍門将軍の圧倒的な力。

それに対抗しうるのはアーマガルト前辺境伯レイモンドのみ。

そのレイモンドが、出陣直前に倒れた。病によるものだ。

いつもは強気な母ハリエットも、その時ばかりは弱気になって見る影も無かった。

父カーティスは軍事においては頼りにならず、集まった騎士達、兵士達に不安が伝播《でんぱ》していく。

その状況で名乗りを上げたのが、当時十三歳の嫡男ジェイナスだった。

今にして思えば我ながら無茶な事をしたと思うが、当時は必死だった。

このままではアーマガルトは陥落してしまうだろう。そうなれば、領民も、何より幼馴染のモニカも無事では済まない。

必死にレイモンドの看病をするハリエット、ろくに剣など使えないのにレイモンドの代わりに戦おうとするカーティス。

そして何より……モニカの泣きそうな顔を見た時、ジェイの覚悟は決まった。

彼が自分は転生者である事を思い出したのは幼い頃の事だ。魔法が使えるようになったのも同じ時期だった。

その頃から密《ひそ》かに鍛え上げてきた魔法。ジェイは、それに賭けたのだ。この魔法で、龍門将軍を押さえる事ができればモニカを、皆を守れるかもしれないと。

この時魔法の事を知っていたのは、ジェイの家族と幼馴染のモニカ。そしてわずかな家臣のみ。

レイモンドがジェイを総大将に選んだのは、彼もまたジェイの魔法に賭けるしかないと判断したからだった。

問題は魔法の事を知らない者達が十三歳の総大将に納得するかどうかだ。

そこはあくまで名目上のもので、指揮はレイモンドの腹心だった歴戦の騎士が執るという事で押し通した。もちろんこの腹心は、ジェイの魔法の事を知る一人である。


そして戦いは、サルタート川を渡ろうとするダイン幕府軍に対する奇襲から始まった。

まだまだ日が高く夜襲とはいかない時間帯。川は広く、深いためダイン幕府軍はイカダを作って川を渡っている。

龍門将軍ならばその程度は読んでいるに違いないという意見もあったが、これ以外に勝つ道は無いと決行された。

敵が川を渡る時は、半数ほど渡らせておいてから攻めろと言う。ジェイ達もそれに倣《なら》い、龍門将軍が渡ってきたタイミングで奇襲を仕掛けた。

この時川を渡り終えていたのは幕府軍の三分の一程。

龍門将軍が渡るのが早過ぎると思われるかもしれないが、それでも生半可な敵では返り討ちにしてしまうのが彼である。周りが止めなければ、それこそ先頭で渡ってくるだろう。

一方アーマガルト軍の先陣を切るのはジェイ。こちらは総大将が先頭である。

当然こちらも周囲から猛反対されたが、一秒でも早く龍門将軍を押さえるためにはこれしかないと押し切った。

この時は、追い詰められたジェイが自棄《やけ》になったと思った者も多かっただろう。

その者達も、この後それが間違いだったと気付かされる。

「全軍攻撃開始ィッ!!」

剣を掲げてそう叫ぶやいなや、先行して飛び出すジェイ。

騎馬隊がそれを追って突撃するが、追い付けない。子供の足相手だというのに、ぐんぐん引き離されていく。

ジェイの真後ろから後を追う者達は気付いた。彼がまったく足を動かしていない事に。

そう、ジェイは地面を滑るように猛スピードで幕府軍との距離を詰めている。

幕府軍は当然奇襲を警戒しており、すぐさま迎撃態勢を整える。

「一人突出してくるぞ!?」

「腕に相当自信があるのか……？　近付けさせるな、撃て!!」

普通に考えれば有り得ない事態。しかし雄々しい髭面の指揮官は、慌てる事無く指示を飛ばす。

その直後に弓隊が攻撃開始。放たれた無数の矢がジェイの頭上に迫る。

その瞬間、彼の足下が波打ったかと思うと、無数の黒い帯状の何かが飛び出して彼に巻き付く。

黒い蕾《つぼみ》のようになったそれは、全ての矢を弾き返した。

その間もスピードはまったく緩まず、幕府軍の眼前に迫ると、蕾は再び解かれ、黒い帯が周囲の兵達に襲い掛かった。

「ガァッ！」

「こいつ曲がって……!?」

刀で防ごうとした者もいたが、鞭《むち》のようにしなるそれは刀を避けて側頭部に襲い掛かった。

刃物のような鋭利さも併せ持っていたそれは、次々に次々に兵を薙《な》ぎ払っていく。

中心のジェイを狙おうとする者も、黒い帯が盾となって遮られる。その姿はまるで無数の大蛇が鎌首《かまくび》をもたげ、中心のジェイを守っているかのようだ。

奇襲に備えていたが、こんなバケモノが飛び込んでくるのは想定外だ。兵達は大混乱となり、迫りくる騎馬隊を迎撃する事もできない。そうしている間にもどんどん距離を詰められてしまう。

「これは……影か!?」

真っ先にそれに気付いたのは、先程号令を発した指揮官だった。

そう、ジェイの魔法は影を操る。その名も『影刃八法《えいじんはちほう》』。

大蛇のような黒い帯も、先程猛スピードで地面を滑っていたのも、全て足下の影によるものだ。

この世界における魔法は「魂の個性の発露」と言われている。影を操るなんてどんな魂なのかと思った事もあるジェイだが、今はそれに感謝していた。

こうして、大切なものを守るための力となっているのだから。

「攻防一体の魔法か……厄介な！」

刀を構えて吐き捨てた。いつの間にかジェイの周囲に残っているのは彼一人になっていた。他の兵達はジェイを恐れて遠巻きにしている。

近付く事もできず、かといって騎馬隊を迎撃しようとすれば、その瞬間に背後から影の大蛇が襲い掛かってくるだろう。

だが時間を掛ければ騎馬隊が突っ込んでくるだけ。こうなったら刺し違えてでもと覚悟を決めようとした時、八つ影の大蛇が再び高く鎌首をもたげた。

「近付かなければ助かると思ったか？　『射《シャ》』アッ‼」

次の瞬間、大蛇の先端から無数の影の矢が放たれた。

影の大蛇が『影刃八法』の基本だとすれば、影の矢はその応用のひとつ。影の一部を切り離し、矢のように『射』る魔法だ。

広範囲に渡って降り注ぐ無数の矢、四方八方から悲鳴が上がる。

「なんというバケモノ……！」

髭面の指揮官は驚愕の声を漏らす。まだ元服も迎えていないであろう少年一人が突出してきた時は玉砕覚悟かと思ったが、その一人に軍が蹴散らされてしまっている。

このまま一方的に攻めさせてはいけない。指揮官は改めて覚悟を決め、大きく刀を振りかぶって斬り掛かる。

「……『踏』」

しかしジェイが一歩『踏』み出し、短い言葉を発した瞬間、その動きがピタリと止まった。

彼の意思ではない。何かの力で身体を動かせなくなっている。

「最後まで退かずに戦った者に、そんな目を向けてくれるな少年！」

近くに誰も乗っていない騎獣の姿がある。どうやら、あの上から飛び掛かってきたようだ。

力強さを感じさせる眉に目、燃えるような赤い瞳がジェイを射貫く。

白熱した炎のようだ。

その男は武者鎧の上に黒地に炎の意匠を施した陣羽織を着ていた。逆立った金色の髪も、まるで

「はっはっはっ！　なかなかの魔法であるぞ！」

ジェイが別の影に左右から攻撃させると、襲撃者は即座に飛び退《の》いて影を避けた。

一瞬「熱」を感じたジェイは咄嗟《とっさ》に影の大蛇でガード。しかし大蛇は燃える刀で斬り裂かれた。

「……ッ!?」


ために、やれる事は全てやる覚悟で戦場に赴いているのだから。

そもそも手段を選んで勝てる相手だとは思っていない。モニカを、家族を、アーマガルトを守る
そのまま仰《あお》向《む》けに倒れる男に向ける、ジェイの目は冷ややかだった。

「攻めてきた側が何を言ってるんだ？」

言い終わる前に影の矢、いや、もはや槍《やり》サイズの影が男の胸板を『射』貫いた。

「おのれ、このような……！　魔法使いめが……戦いを、なんだと……!!」

そう、これも『影刃八法』の一つ、影を『踏』む事で対象の動きを止める魔法である。

「まさか、これも魔法……!?」

男は真っ直ぐにジェイを見据え、抜き身の刀を構えて言う。当たればジェイの胴体など真っ二つにしてしまいそうな長大な太刀だ。

「余が命じ、余が攻めさせた！　その目は余に向けるがいい！　この龍門征異大将軍輝隆《てるたか》に!!」

その言葉と同時に、龍門将軍の刀が燃え上がった。

魔法だ。ジェイは驚き、目を見開く。

まだ最前線の部隊を蹴散らしたところ。ここで龍門将軍と遭遇するのも流石に予想外だ。

「もっと先にいると思ってたが……」

その小さな呟きに反応し、龍門将軍は不敵に笑う。

「そなたと同じよ、少年！　味方の被害を減らすためには、余自らそなたを押さえる必要があると判断したッ!!」

つまりはジェイと同じだ。ジェイが龍門将軍を押さえようとしたように、彼もまたジェイを押さえる必要があると判断した。言うなれば同格の敵として認めたのである。

「さぁ、余は名乗ったぞ！　少年、そなたの名を聞かせよ！」

「ジェイナス。ジェイナス＝昴＝アーマガルト」

その名を聞いて、龍門将軍の凛々《りり》しい眉がピクリと動いた。

「レイモンドの孫か？　あやつはどうした」

「……あんた如き、俺で十分なんだと」

ジェイは答えずに強がってみせた。国境守備の要であるレイモンドが病気であるなど、そう易々《やすやす》と話せるものではない。

その反応を見た龍門将軍は大笑いだ。

「あやつめ！　義息子は頼りないと言うておったが、孫には恵まれたではないか!!」

ひとしきり大笑いした龍門将軍は、改めて刀を構え直す。

「余如きとはよくぞ吠《ほ》えた！　ならばその力、見せてみるがいい！　我が魔法『魁刀炎魔《かいとうえんま》』で迎え撃ってやろう!!」

それにジェイが反応するよりも先に、大地を揺るがす大量の馬蹄《ばてい》の音が聞こえてきた。後続の騎馬隊が、このタイミングで突っ込んできたのだ。

もし彼等が龍門将軍に攻撃しようとすれば、簡単に返り討ちにされるだろう。

「龍門将軍は俺が押さえる。今の内にダインの武士達を押し返してやれ!!」

ここにいるのが龍門将軍である事を知らせるため、ジェイは剣を高々と掲げて声を張り上げた。

それが聞こえたのか騎馬隊は馬蹄で土埃《つちぼこり》を起こしながら二人の脇を素通りしていくが、龍門将軍は意に介さない。

構えも一切崩さず、その視線は真正面からジェイを捕らえて放さない。龍門将軍の意識は、完全にジェイにのみ向けられている。

望むところだと、ジェイは再び足下の影を使って滑り出す。

「ほぅ……！　これは動きが読みにくい！」

そう言いつつ真正面から迎え撃とうとする龍門将軍。挨拶代わりにと斬り掛かる。

しかし次の瞬間、ジェイは姿勢を全く変えないまま横の動きに切り替え、その攻撃を避けて背後へと回り込んだ。

『踏』！」

そして発動する魔法。刀を振り下ろしたままの体勢で龍門将軍の動きが止まる。

「ふむ、なるほど……フンッ！」

だがその数秒後、龍門将軍は気合いで魔法の束縛を破ってしまった。それと同時に振り返りざまに斬り掛かる。

ジェイは影の大蛇でガードするも一瞬で斬り裂かれるが、その一瞬で残りの大蛇を腕に巻きつけて刀が纏《まと》う魔法の炎を相殺《そうさい》。籠手を装着した左腕でその一撃を受け止めた。

その勢いに逆らわず、吹き飛ばされるジェイ。おかげで腕は斬られる事なく健在だが、ダメージの全てを殺す事はできなかった。

「ムチャクチャだッ!!」

思わず叫ぶジェイ。この魔法が破られたのは初めての事だ。

だらりと力無くぶら下がる左腕。骨をやられたかもしれない。

「一発直撃を食らったら、おしまいだな……！」

だが、泣き言を言っている暇は無い。ここで思考を止めれば斬られるだけ。すぐさま影の矢、いや影の槍を何本も『射』出する。

同時に自らも剣を構えて吶喊《とっかん》。しかし、燃え盛る刀によって影の槍がことごとく斬り払われる。

それを見て即座に影の矢の連『射』に切り替え。弾幕を張りつつ方向転換して距離を取る。

「フフフ……判断が早い」

「やっぱり簡単には近付けないか……ていうか一発ぐらい当たれよ」

近付けさせない事が目的だったが、命中するはずの矢を全て斬り払われたのはショックである。

だが、実力差があるのは承知の上だ。

幸い、最初に弓隊を蹴散らしたのが功を奏して、有利な状態で騎馬隊に突入させる事ができた。

川を渡り終えていた兵が少ないのもあって、ダイン幕府軍を撃破できそうだ。

ただし、このまま龍門将軍を足止めする事ができればの話だが。

「距離を取って戦えば、やりようが……！」

ジェイは再び影の大蛇を生み出して攻撃を仕掛ける。

「ムッ……」

ジェイが距離を取ろうとしている事に気付いた龍門将軍は、ならばと自分から距離を詰めようとする。しかしジェイも負けておらず、本人と地面への同時攻撃も交えて接近を許さない。

いかに龍門将軍が達人であり、影を斬り裂ける魔法が使えようとも彼は一人。近付けさせないだけならば可能だ。

一瞬でも油断すれば真っ二つにされそうな緊張感の中、ジェイは時間を稼ぎ続ける。

影の大蛇、槍、矢、外した魔法によって地面はズタズタだ。だが、それが龍門将軍の動きを阻害している。逆にジェイは、影に乗って滑っているため影響は無いようだ。

まったくスピードが落ちないジェイの動きを見て、龍門将軍は不敵に笑う。

「狙ってやったなら、大したものだ」

周りは幕府軍不利のまま戦いが進んでいる。後続は慌てて川を渡ろうとしているが、既にアーマガルト側の弓隊も到着していて矢の雨を降らせているようだ。

「これは……してやられたな」

いかに龍門将軍と言えども、ここからの逆転は難しい。一人だけで戦い抜くならともかく。

このままここにいれば後続の部隊がどれだけ犠牲になるか分からない。龍門将軍は敗北を認め、撤退を決意した。


その瞬間を、ジェイは見逃さなかった。


「我が国に攻め込んで、ただで帰れると思うなよッ!!」

ジェイは腰を深く落として剣を構えると、影に乗って滑り出した。

最高速度で龍門将軍に肉迫。一瞬反応が遅れた龍門将軍だったが、すぐに立て直して迎え撃つべく刀を振るう。

「なっ……!?」

だがその一瞬、ジェイのスピードが緩んだ。

空振りする刀。しかし龍門将軍もさる者、返す刀で横薙ぎの一撃を食らわせようとする。

だが、そこにジェイの姿は無かった。彼の足下から影の大蛇が現れ、ジェイを龍門将軍の頭上へと持ち上げていたのだ。

龍門将軍の刀は影の大蛇を一刀両断。咄嗟に頭上のジェイを見上げる。

「ぐぁっ！」

視界に飛び込んできたのは太陽を背にしたジェイ。強烈な光に一瞬目が眩んだ。

「ようやく隙を見せたな！」

その言葉に龍門将軍は頭上からの攻撃を受け止めるべく刀を構える。

しかし次の瞬間、四方八方の地面から影の槍が飛び出して襲い掛かった。

「か、影か!?」

思わず驚きの声が上がる。そう、ジェイが飛ぼうとも、影は変わらず地面にあるのだ。

龍門将軍は強引に刀を振るい、噴き上がる炎で影を薙ぎ払う。

次は頭上のジェイだと顔を上げた瞬間、足を誰かに掴まれたと感じた。

視線を向けた龍門将軍は見た。いつの間にか自分の足首に影の大蛇が巻き付いている事に。

「これが真の狙いか……！」

「これで終わりだぁぁぁッ!!」

「ぬ、ぬおぉぉぉ!?」

物理的に拘束されてる以上、先程の『踏』のように気合いでは解除できない。

斬れば済むのだが、その前に影の大蛇は龍門将軍の身体を持ち上げて振り回す。そしてそのままハンマー投げのようにサルタート川に向かって放り投げた。

盛大な水飛沫《しぶき》。投げ込まれたのが龍門将軍だと気付いた後続部隊が強引に回収しようとするが、その頭上に矢の雨が降り注ぐ。

それでもなんとか回収された龍門将軍はキョトンとした様子だったが、状況を理解するとすぐさま撤退の指示を出した。

退いていくダイン幕府軍に、アーマガルト軍から歓声が上がる。

大地を揺るがすような大歓声の中、ジェイは力が抜けたかのように座り込んだ。

「あいつ……最後まで手加減してたな……」


一方撤退中の龍門将軍は、大歓声が聞こえる岸を眺めながら先程の戦いを思い返す。

緩急を付けた吶喊から頭上への跳躍、足下からの攻撃は布石。いや、それ以前の魔法による攻撃すらも最後の攻撃のための布石だった。

レイモンドの孫がどれだけのものか試してやろうという気持ちがあったのは否定しない。

だが、自分のペースで戦っていると思っていたら、実は相手のペースだったというのは、それを抜きにしてもしてやられた感が強い。

まだ子供だったが、数年後はどのように成長しているのか。将来が楽しみでたまらない。

「レイモンド、お前がうらやましいぞ！　余もあのような息子が欲しいものだな！」

そう言って大笑いする龍門将軍。この時はまだ冗談の類《たぐい》だった、この時は。

「ん……」

何かの衝撃を受けて目を覚ますジェイ。

懐かしい夢を見た。三年前の第五次サルタートの戦いの夢だ。昨日の一件があったから、あんな夢を見たのだろうか。

そういえばあの後調べたら腕の骨が折れてたんだよなと思い出しつつ、先程の衝撃は何だったのかと辺りを窺う。

すると、思いの外近くに明日香の顔があった。どうやら昨日の晩にベッドに潜り込んだようだ。

先程の衝撃も、寝ぼけて抱き付いた彼女が勢い余って頭突きをしたものだったらしい。

至近距離で見るあどけない寝顔。顔だけではなく全身密着させてきているようで、抱き枕にされているような状態だ。

何がとは言わないが、モニカより大きい。モニカの方も相当なはずなのだが。

「にゅふ～♡」

寝ぼけているのか、頬をすり寄せてきた。彼女の方はどんな夢を見ているのだろうか。

時計を確認してみると、まだ明け方の時間帯だ。もうしばらくはこのままで良いかと、ジェイの方からも腕を回して彼女を抱き寄せるのだった。

なお、起きる時間になっても明日香は目を覚まさず、起こしに来た侍女が扉を開けて目撃。

「…………」

気を利かせ、無言で一礼して扉を閉めたのは余談である。

それから風騎委員となったジェイと明日香は、度々二人で町を巡回するようになった。

町を歩き回る巡回にはエラとモニカは付いてこないため、デートのようだと明日香は大喜びだ。

この前も五人組の盗賊を捕まえたり、活躍もしている。

「ジェイ、ジェイ！　今日も行きましょう！」

「分かった、分かった。引っ張るな」

「ついでにおつかいもお願いね～♪」

「あ、ボクもお願い！　今日新刊の発売日だから！」

町を巡回する風騎委員は、一緒に買い物をする事が多かった。その分、荷物も増えるが、町の巡回は家臣も連れて行われるので問題は無い。

ジェイはいつも通り学園からの帰宅後、明日香と四人の家臣を連れて巡回に出発する。

少々家臣の人数が多いが、これはいざという時にジェイと明日香で二人ずつ連れて二手に分かれる事ができるためである。

そんな順風満帆な新人風騎委員の二人の一方でアルバートはと言うと、あの決闘に負けて以来不登校になっている。

その件に関しては、周防委員長の方で対応するとの事だ。確かに、決闘で負かした張本人が行っても事態は好転しないだろう。

ジェイの方は撤回と謝罪をするなら受け容れるとだけ伝えていた。

それはさておき、巡回といっても特別な事をする訳ではない。治安を守るため主に学生街と商店街を回るのだ。

気を付ける事があるとすれば、風騎委員が町を巡回する場合は厳《いか》つい態度で臨んではいけない。

むしろ普段から町の人達と仲良くし、友好関係を築いておく事が肝要なのだ。

逆に南天騎士は、華族子女の学生を相手にする事もあって、舐められないよう威厳を見せる必要があったりする。

商店街もこの時間帯になると、夕飯のための買い物客が多い。

大通りには、その客目当ての屋台がいくつか並んでいる。

学園帰りの学生や、料理を任されているであろう従者が買い物をしている姿もあった。

魔動機屋のディスプレイに並ぶテレビ。人気番組が放送される時間になると、その前に人だかりができているのもいつもの光景だ。

「あっ『セルツ建国物語』ですよっ！」

なお、内容によってはそこに明日香も加わる。今回はＣＭだけだったのですぐに戻ってきたが。

「あら、明日香ちゃん！　今日は活きの良いのが入ってるよ！」

「ホントだ！　すごいですねっ！」

商店街を歩いていると、明日香が店の人達からよく声を掛けられる。

「明日香ちゃん、これ食べてみないかい？　美味しいよ」

「いいんですか!?　いただきます!!」

明るい笑顔を振りまく彼女。その人懐っこさもあって、商店街の皆から可愛がられる人気者になりつつあった。

「明日香ちゃん、これ学生さんが忘れていったんだけど……」

「お預かりします！　お名前とか分かりますか？」

明日香を頼りにして、相談を持ち掛ける人も多い。

風騎委員は町の人達と仲良くし、友好関係を築いておく事が肝要なのであれば、間違いなく明日香は風騎委員向きである。

「旦那も、いつもお疲れ様です」

ジェイもレストランの一件でそれなりに有名になっていたが、町の人達からはそれよりも「明日香の頼りになる婚約者」としての知名度の方が高いかもしれなかった。

「あの時みたいな事は起きてませんか？」

「へい、おかげさまで！　この南天騎士団のお膝元《ひざもと》で、あんな大それた事をやらかすヤツなんてそうそう出ませんよ！」

威勢の良い肉屋からコロッケを家臣の分も含めて一つずつ買い、それをほおばりながら商店街を歩く。これが彼等の、普段の巡回の光景だった。

そしてコロッケを食べ終わり、商店街の広い道が夕焼けに染まる頃、事件は起きた。

「……ジェイ！　戦ってる声が聞こえました！」

真っ先に気付いたのは明日香。走る彼女にジェイが並行して進む。

商店街を出たすぐ先で一人の南天騎士と、不審者との戦いが繰り広げられていた。

「って、あの時の！」

その大きな背中を見てジェイは気付いた。検問所の南天騎士だと。

彼の背に庇われているのは、腕を押さえてうずくまる家臣。その家臣は軽装でレザーアーマーも身に着けていない。非戦闘員の従者のようだ。

騒ぎになり始めており、周りには野次馬が集まり始めている。

負傷しているのはその家臣だけでなく三人ともであり、不審者の傷が一番重そうだ。血塗《ちまみ》れの右腕をだらりと力無く下げているにもかかわらず、南天騎士の方が押されている。

「若、あれは制服では？」

「何？」

家臣の一人が気付いた。不審者が華族学園の制服を身に着けている事に。血等で汚れているが、確かに実戦用制服だ。

「風騎委員です！　助太刀します！」

不審者側と勘違いされないよう、ジェイと明日香は大声で宣言してから助けに入る。

大柄な南天騎士は、こちらに背を向けたまま「助かるっス！」と返してきた。

「囲めッ！」

その一声でジェイと明日香、そして四人の家臣は不審者を取り囲もうと動き出す。相手からは、大きな身体の南天騎士の陰から左右に何人も飛び出してきたように見えただろう。

そしていざ捕まえようとしたその時、ジェイ達は気付いた。

「……アルバート？」

その不審者が、現在不登校中のアルバートだという事に。整えられていた髪は乱れてぼさぼさ、その顔は憤怒に歪《ゆが》んでいるが間違いない。

「グルッ……ガァ……！」

ジェイを前にして恨み事を漏らすでもなく、獣のような唸り声を上げている。

「ジェイ、あの人変ですよ……」

明日香の言う通り、明らかに様子がおかしい。

だが、ジェイには心当たりがあった。

「……レストランのボーと一緒だ」

そう、ポーラ島に到着したその日に遭遇した立てこもり事件。あの時の犯人であったボーも、人相が変わっていたという話だった。

短剣を持っているのもボーと同じ。血に濡れた右手で握り締めている。

「ゴォォラァッ!!」

そして狂暴化しているのも同じだ。無事な左手で殴り掛かってきた。

いや、少なくともボーはウェイトレスに結婚を迫ったりしていたので更に酷くなっている。もはや言葉になっていない。短剣を無事な手に持ち替えるという考えも無いようだ。

これは説得などはできそうにない。そう判断し、力尽《ちからづ》くで取り押さえる事にする。

「明日香！」

「任せてください！　てりゃぁっ!!」

明日香が通りすがりざまに刃を返して峰打ちで打ち掛かるが、不審者はたたらを踏みつつもそれを避けた。すぐに体勢を立て直し、明日香の方に向き直る。が、遅い。

「こっちだ！」

背後に回ったジェイが声を掛け、不審者が振り返る。

その時ジェイは今にも落ちようとする夕日を背にしており、不審者は反射的に腕で目を庇う。

「『踏』……！　今だ、取り押さえろ！」

次の瞬間、ジェイの魔法が発動。家臣達はその隙を逃さず、動けなくなった不審者に飛び掛って取り押さえ、そのまま南天騎士が持っていた縄で不審者を縛り上げる。

すると野次馬達から「よっ！　南天騎士！」「風騎委員もよくやったぞ～！」と拍手喝采《かっさい》が上が

るのだった。

「いや～、助太刀感謝っス！」

家臣の応急手当をしながらにこやかにお礼を言ってきた南天騎士は、ベンジャミン＝小熊《おぐま》＝ハッターと名乗った。

改めて見てみると、小熊は南天騎士団の制服に肩当て、胸当て、籠手と追加装甲を装着してかなりの重武装だ。

それでも一人の不審者を取り押さえられなかった辺り、強そうに見える巨漢の割には、武芸の腕はそこまでではないのかもしれない。

「お手当、お上手ですねっ！」

「はっはっはっ。慣れっスよ、慣れ！」

しかし、応急手当する手つきは淀《よど》みない。縛り上げたアルバートの腕もテキパキと手当てしていく。仕事柄もあって怪我し慣れているのかもしれない。

家臣の男はまだ痛がっていたが、そこまで重い怪我ではないようだ。むしろアルバートの方が重傷だ。手当しようにも隙あらば暴れようとするので、ジェイ達も手伝う。

それも終わると、小熊は立ち上がり、改めて一礼してきた。

立ち上がると、改めて彼の身体の大きさがよく分かる。さほど長くない黒髪を軽くオールバックにした角ばった顔。ゴツいがあまり怖い印象を受けない。

よく笑う、人の良さそうな男だ。名は体を表すと言うが、ジェイは「愛嬌のある熊」という言葉を思い浮かべていた。

その一方でアルバートは、興奮が収まらないのかまだ唸り声を上げている。どうも目の前にいるのがジェイナス達だと分かっていない様子だ。何をどうすれば、こんな状態になるのか。

「やっぱりか……」

縛り上げる際に取り上げた短剣を確認してみると、案の定柄頭の三つ目の角ドクロの彫刻が施されていた。そう、レストランで立てこもり事件を起こしたボーが持っていた物と同じ短剣だった。

「鞘は？」

「いえ、ありませんでしたね」

持ち物を確認させていた家臣に尋ねるが、鞘は持っていなかったようだ。

小熊もここでアルバートが短剣を振り回しているところに駆け付けたらしく、それ以前の足取りは分からない様子だった。

「それがどうかしたっスか？　悪趣味っスね～」

ジェイが持つ短剣を覗き込んで、小熊が笑った。

「先日、レストランで立てこもり事件を起こした犯人も、同じ物を持ってたんですよ」

「マジっスか!?」

「えっ、これがそうなんですか!?」

小熊だけでなく、あの時短剣を見ていない明日香も驚きの声を上げた。

あの短剣は駆け付けた風騎委員に預けたが、あの後どうなったのだろうか。

町中で起きた事件なので、南天騎士団にも報告が行っているはずだ。

せっかくの機会だし、一度確認しに行こう。そう考えたジェイは、抜き身の短剣を布で包んで持ち、小熊と共に南天騎士団本部に向かう。

また風騎委員にこの件を伝えるべく、家臣を一人学園へ走らせた。

「本部に戻れば治療もタダっスから、早く戻るっス！」

世知辛《せちがら》い小熊の言葉は、聞かなかった事にして。

南天騎士団本部は学生街と商店街の北側、入学する際に渡った本土とつなぐ橋の近くにあった。いざという時は防衛施設としても使えるよう補強された頑丈そうな建物だ。

中に入ると、すぐに数人の南天騎士に出迎えられた。小熊はアルバートの怪我の具合と応急手当だけしている事を告げると、すぐに彼等に引き渡す。

小熊は治療の前に騎士団長に報告しに行くとの事なので、ジェイもそれに同行する。

その途中の廊下で、細身の背が高い男と出会った。キツネ色の髪をしっかり整えた、襟足長めのオールバック。ツリ目で顔付きもまたキツネを彷彿《ほうふつ》とさせる騎士だ。

南天騎士団の制服の上にローブを羽織っており、指揮棒ぐらいの長さの短杖を手にしている。

「見てましたよ、小熊さん。お手柄だったようですね」

「は、はい！　狐崎《こざき》隊長！　ありがとうございまっス！」

「学生騎士の手を借りねばならず者も捕らえられないとは……まぁ～、情けないっ！」

やや甲高い神経質な声で短杖を突き付け、上げたと思ったらすぐに落としてきた。

対する小熊はペコペコと頭を下げるばかりだ。

「いいですか、小熊さん！　騎士たるもの……」

「何やら騒がしいが、何かあったのかね？」

そのままヒステリックな説教が始まるかと思った時、背後からの声がそれを遮った。

狐崎は邪魔をしたのは誰かと勢いよく振り返るが、その直後「か、狼谷《かみや》団長！」と慌てて廊下の端に寄って深々と頭を下げる。

そこに立っていたのは白髪が目立つ短い髪を六四分けにした初老の男。

面長で額が広く、やや垂れ目。優し気な雰囲気だが、その眼差《まなざ》しは知性の鋭さが感じられる。

南天騎士団の制服の上に、左肩に掛けるジャケット風のマント、いわゆるペリースを身に着けている威厳のある姿だ。彼こそがポーラ島の治安を担う、南天騎士団の団長である。

狼谷は狐崎を一瞥してその前を通り過ぎ、ジェイの前に立った。

「君はもしや、レストランの事件を解決してくれた……？」

「はい、ジェイナス＝昴＝アーマガルトです」

「そうか、君がジェイナスか。流石はレイの孫だな」

レイというのは、ジェイの祖父レイモンドの事だ。ジェイは初対面であったが、二人は親しいようだ。

明日香は直感で彼が只者ではないと感じているようで、少々緊張気味である。

「ふむ……まずは君達の話から聞こうか。小熊君は治療を受けてから報告に来たまえ」

「りょ、了解ッス!!」

小熊は大声で返事すると、治療を受けるべく駆け足で走り去っていった。


そしてジェイ達は、狼谷に案内されて団長室に入る。地味だが、落ち着いた雰囲気の部屋だ。

ジェイと明日香は促されてソファに並んで座り、家臣達はその背後に控える。

腰を下ろした瞬間、二人は座り心地の良さに驚き、明日香は思わず「うわぁ……」と感嘆の声を漏らす。一見地味だが、質の良い物が揃えられているようだ。

この部屋の主《あるじ》は二人の様子に苦笑しつつ、執務机の椅子ではなくテーブルを挟んで向かいのソファに腰を下ろした。

「まずは、部下を助けてくれた事にお礼を言っておこう。ありがとう」

「いえ、これも騎士……風騎委員の務めですから」

「ふむ、こういうやり取りも慣れたものだな。東天か？」

東天騎士団。王国の東、主にダイン幕府から王国を守る騎士団である。

ジェイは三年前に龍門将軍の親征から王国を守って以来、何度も幕府から王国を守ってきた。東天騎士団を助けた事も一度や二度ではない。

ジェイこそが国境防衛の要というのは、冗談でも誇張でもなかった。

「さて、直接こちらに来たという事は、何かあったのかね？」

南天騎士の小熊がいたのに、一緒に連行して騎士団本部まで出向いてきた。それで何かあったと判断し、狼谷はジェイ達を団長室に招いたのだろう。

「先程小熊卿と協力して捕らえた男……風騎委員です」

「……本当かね？　事実ならば大問題なのだが」

「残念ながら……ここ数日、不登校でしたが」

「ふむ……何かに巻き込まれたのか？」

ここで狼谷が考えたのは、功に焦った風騎委員が一人で事件を追い、巻き込まれたパターンだ。頻繁《ひんぱん》にあるとは言わないが、ろくに功績を挙げられないまま卒業が迫った三年生となると、あり得ない話ではない。

「それと、これを持っていました」

そう言ってジェイは、テーブルに三つ目角ドクロの短剣を置いた。狼谷は覗き込むようにそれを見て、怪訝そうな顔をしている。

「先日のレストランでの一件で、これと同じ短剣が使われていた件はご存知ですか？」

「それなら報告を受けているが、直接見てはいないな。これがそうなのかね？」

「見ていない？」

「華族学園の桐本《きりもと》先生に鑑定《かんてい》をお願いしていると聞いている」

「ああ、なるほど……」

小熊が短剣の外見を知らなかったのは、そもそも南天騎士団には短剣の外見が伝わっていなかったためだったようだ。

「まぁ一度の事件、しかもその場で解決済みのもので使われた凶器だ。そこまで特別視はせんよ」

「ですが……二本目が見つかった」

一本だけならば狼谷の言う通りだ。しかし、二本目も事件で使われたとなると話は違ってくる。


「桐本……確か歴史の先生、ですよね？」

明日香の言葉に狼谷はコクリと頷く。

「ああ、こと鑑定に関しては王国屈指、ポーラ島では間違いなく一番の人物だよ」

「……これ、桐本先生の所から盗まれたなんて事は？」

「それならこちらに連絡が来ているはずだが……確認をする必要はあるだろうな」

ここで狼谷は、テーブルの上の短剣の悪趣味な柄を指でトントンと叩きつつ、意味ありげにジェイと明日香の顔を見る。

「これは君達が持ち込んだ件だ。捜査の優先権は君達にある訳だが……どうするかね？」

「よろしいので？」

「そのつもりで、私の所まで手放さずに持ってきたのだろう？」

そう言って狼谷は笑い、ジェイも釣られて笑った。そういう考えがあったのは否定できない。

この悪趣味で曰くありげな短剣。二本目が目の前に現れた時、ジェイは何か因縁めいたものを感じてしまった。この剣、いや、この件は、これからも自分に関わってくると。

こうなると彼の行動は早い。向こうから来るのを待つのではなく、自分から動く。

エラから聞いた「捜査優先権」の話を思い出し、南天騎士団に直接短剣を持ち込んだのは狼谷の指摘通りだった。

「分かりました。引き受けましょう」

だからジェイは、迷う事無く承諾の返事をした。

「では、ちょっと待っていなさい」

狼谷は執務机に向かい、書類を作成し始める。

「……ああ、ひとつ確認を。これと同じ短剣、他にも見つかってますか？」

「いや、これだけだな。三本目が無いとは言い切れんが」

「そうですか……」

それが、両方ジェイの前に現れた。二度ある事は三度ある。三度目の正直。さて、これはどう受け止めるべきか。

ジェイがそんな事を考えていると、治療を終えた小熊が団長室に入ってきた。狼谷の前に立ち大きな声で報告する。

新しい情報は、ジェイの家臣から連絡を受けた周防委員長が大慌てで駆け付けた事。

そしてアルバートは、ここに来て容態が急変。ぐったりと声を発する事もできない状態になったとの事だ。先日ジェイが捕まえたボーと同じ状態である。

一通り報告を聞き終えた狼谷は、ジェイと明日香を手招きする。

小熊の隣にジェイ、明日香がその隣に立つと、狼谷はジェイに「捜査委任状」と「鑑定依頼書」を手渡してきた。

「ジェイナス君、君に短剣の出所の捜査を要請する」

「承ります」

「小熊君。南天からの援軍は君だ。彼と協力して捜査を進めてくれたまえ」

「えっ？　……あっ、ハイッス！　お任せください!!」

不意に振られて一瞬呆気に取られた小熊だったが、すぐに大きな声で承諾。ジェイと握手をかわして協力を約束する。

「それじゃ、早速行くっスか？」

「いや、流石にもう帰ってるんじゃないですかね？　桐本先生」

アルバートを捕らえたのが夕暮れ時、外は既に夜となっていた。

しかし、小熊は初めて騎士団長に頼られたと張り切りまくって止まりそうにない。

「桐本先生に届けるのは、明日でいいよ。小熊君は後で合流しなさい」

結局狼谷の提案により、ひとまず鑑定依頼だけはジェイ達だけで先に出しておき、現時点での情報を得てから放課後に小熊と合流する事になった。

懐にしまい込む前に、二枚の書類に間違いは無いか確認する。

その時、ジェイはある事に気付いた。

「ん？　タデウス……狼谷……オーカー!?」

署名の部分、そこに最近知り合った友人オード＝山吹＝オーカーと同じ名が書かれていた。

「どうかしたかね？」

「あ、あの、このオーカーって……」

セルツ式の名前表記の場合、名前＝家名＝氏名《うじめい》となる。

つまり同じオーカー氏の山吹家と狼谷家、二人は親戚という事だ。

「ああ、オードを知っているのか。あいつは私の甥《おい》だ」

「オードのおじさんだったんですか!?」

こんな所でクラスメイトの親戚と出会うとは。しかも、南天騎士団団長とは。

世間というものは、広いようで意外と狭いものらしい。


団長室を出て入り口に戻ると、周防委員長が狐崎相手に深々と頭を下げている姿が見えた。

不登校になっていたとはいえ現役風騎委員、風騎委員長としての責任は重い。

先程の小熊への態度はどこへやら、狐崎は風騎委員のせいで部下が負傷したと、頭ごなしに責め立てている。

「まーたやってるっスよ、狐崎隊長」

その様子を見た小熊が、呆れ声で呟く。

「隊長はいつもああっス。誰かが失敗したら、ここぞとばかりにネチネチネチネチと……」

偉そうに説教できるチャンスは逃さない人のようだ。なお、南天騎士団で一番説教されているのは小熊らしい。

「ひどい！　あたし止めてきます！」

「待て待て」

止めに入ろうとする明日香を、ジェイが止めた。確かに狐崎の態度は酷いが、風騎委員が南天騎士を負傷させたのは事実。非は風騎委員側にあるのだ。

「またやっとるのか、あいつは……」

どうしたものかと考えていると、背後から狼谷団長が現れた。

「来たか、周防君。さぁ、こちらに来たまえ」

毎度の事なのかすぐに状況を把握すると、周防委員長を呼んでその場を切り上げる。

ジェイ達の姿に気付くと周防委員長はばつが悪そうな顔をして「詳しい事は明日に」とだけ言って狼谷団長と共に団長室へと向かっていった。

その後、夜遅いので小熊が学生街まで送ってくれる事になった。例の負傷した家臣も、治療は終わったようで一緒だ。

「あの狐崎って人、そんなに偉いんですか？」

その帰り道、明日香が首を傾げながら小熊に尋ねる。彼女の場合、狐崎があまり強そうに見えなかったので余計にそう思うのだろう。

「あ～……偉いというか、なんというか……あの人、魔法使いなんスよ」

「えっ？」

思わずジェイは声を上げた。明日香もキョトンとしている。

この反応には訳がある。ジェイは自身が、明日香は父が魔法使い。二人にとって魔法使いとは、そう珍しいものではないのだ。

だから魔法使いだからなんだと言うのだ、という反応になってしまう。

だが、世間一般では違う。

どんどん魔法使いの数が減っていき、その数少ない魔法使いも『純血派』領主の下に集まって騎士団に入る者はほとんどいないのが現状だ。

しかし、戦場における魔法使いは強力無比。数少ない魔法使いの中の、更に数少ない騎士団入りしてくれる例外がいれば是が非でも確保したい。

それだけ希少価値が高い存在なのだ、魔法使いというものは。

もし騎士団に入りたいと言う魔法使いがいれば、最優先で入団させる。

ここ数年は特にその傾向が強く、狐崎も一昨年鳴り物入りで入団。実は小熊の方が先輩である。

「……そういう立場だから、あんだけ偉そうにしてても許されてるって事か」

「でも、大して強くなさそうですよね」

「魔法を使うと強いんスよ、狐崎隊長」

なお、明日香の比較対象はジェイと龍門将軍である。

ジェイは魔法は魂の個性の発露、あの性格ならばさぞ攻撃的な魔法なのだろうと考えていた。

そんな話をしながら夜道を歩いていると、不思議そうな顔をした明日香が小熊に尋ねる。

「それにしても、ここ数年でしたっけ？　どうして急に魔法使いが求められるようになったんですかね？　数が減ったからでしょうか？」

すると今度は、小熊がキョトンとした顔になった。

「いや、どうしてって……昴君っスよ、原因は」

「……えっ？」

「十三歳の少年が、魔法を使って幕府軍を撃退した！　そりゃあ、どこの騎士団も魔法使いを欲しがるっっスよ！」

そう言って大笑いする小熊。ジェイは思わず天を仰ぐ。

必死になってやった結果だが、あの戦いは思いの外影響が大きかったらしい。

3章　三つ目にご用心

翌日ジェイと明日香は、登校するとまず周防委員長を訪ねた。

すると周防委員長はアルバートが逮捕された件の謝罪会見の準備をしている真っ最中だった。

顔を上げて二人の姿に気付くと、椅子から立ち上がって歓迎する。

「狼谷団長から話は聞いた！　主導権を取ったのだな、でかした！　ならば早速、風騎委員からも援軍を……！」

「まだ捜査の段階ですから、今来てもやる事無いと思いますよ？」

捜査委任状を見て興奮する委員長を、ジェイはやんわりたしなめた。ジェイ自身は立場的に慣れているが、他の風騎委員が新入生の下について平気かは別問題である。

「ムッ……すまん。私とした事が焦っていたようだ」

彼もそれに気付いたようで、援軍の件は引っ込めた。

「ところで、アルバートは？」

「…………昏睡《こんすい》状態だそうだ」

これは普通の状態ではないという事で、昨日の夜の内に内都の療養所に移送したそうだ。

周防委員長はそれを見送ってから学園に戻り、それからずっと徹夜で仕事をしていたらしい。

「あいつは、真面目なヤツだったんだが……」

アルバートは真面目であったが、騎士としての実力が足りていなかったそうだ。

本人もそれを自覚していたようで、訓練や学園内の治安を守る事は真面目にやっていたが、町の巡回は避けていたらしい。

「……だが、それだけでは足りんのだ！　第一に実績、第二に家臣、第三に腕だ！」

何より事件を解決した実績は強く、家臣の人数は仕事を任せられるかどうかの目安となる。

どちらも無ければ騎士個人としての戦闘力、腕っぷしがものを言う。

かく言う周防委員長は、家臣と腕に欠けている。だが、指揮能力と作戦立案能力はある。

風騎委員長になって、それらを武器に実績を積み上げていこうとしていた矢先に、今回の不祥事である。鼻息が荒くなるのも無理の無い話であった。

「委員長、お顔が怖いですよ？」

「おっと……」

明日香の指摘に、周防委員長は慌ててその整った顔を平静に戻した。

「君に噛《か》み付いたのも、その事に対する焦りや憤りがあったのかもしれん……まぁ、君にとっては迷惑な話だったろうが」

前委員長の方針で二年生の間はろくに活躍できないまま三年生に。騎士団にアピールできるような実績も無く焦りがあったのだろうと周防委員長は言う。

「…………」

ジェイは何も言わなかった。確かに迷惑であったが、肯定できる空気ではない。

「だが、あのような事件を起こすヤツではなかった……それは信じて欲しい」

「何かに巻き込まれたという可能性は？」

「分からん。少なくともあの決闘を行った日の時点で、彼が関わっていた事件は無い。何かに巻き込まれたとすれば、不登校になっている時だが……」

周防委員長は毎日彼の家を訪ねて、ジェイに侮辱の撤回と謝罪をするよう説得していたそうだ。

「今にして思えば、あれが余計に追い詰めてしまったのかもしれんな……」

背を向けたまま俯《うつむ》く周防委員長。その肩は小さく震えていた。

「……短剣の調査の件は、君達に任せる。私は南天騎士団の調査に協力しなければならない」

「分かりました」

「頼んだぞ。風騎委員の名誉は君達に懸かっていると言っても過言ではない」

その言葉を背に受けながら、二人は風騎委員室を後にした。


それから後桐本先生にも会おうとしたが、生徒が質問しに行く程度ならともかく、仕事の話となるとまとまった時間がいきなり取れるものでもないらしい。

そこでエラに、昼休みに会う約束だけを取り付けてもらう事にして教室に向かった。

「そういえば、昨日南天騎士団長と会ったんだ」

「ああ、吾輩の叔父上だな」

「君は騎士団長の甥だったのか!?」

教室でそんな会話をかわしつつ、昼まで過ごす。

オードの叔父の件は、クラスの皆が驚きを隠せなかった。中でも特に驚いていたのは、ジェイとオードの友人の『純血派』魔法使いのラフィアスだったりする。

彼等の中で、オードがどういうポジションなのかが窺い知れる話であった。


そして昼休み、ジェイと三人の婚約者が勢揃いで桐本先生に会いに行く。

明日香は風騎委員として。モニカは会う場所が普段は生徒が入れぬ資料室だと興味を持って。そしてエラは、桐本をよく知っているという事で同行している。

実はジェイ達はまだ歴史の授業を受けた事が無く、桐本先生に会った事が無かった。

その資料室は、ポーラ華族学園の図書館の中にある。

図書「館」という名前の通り、ジェイ達の教室がある校舎とは別の建物丸々一つが図書館となっている。資料室は、その中の一角だ。

まだ移転して十年も経っていない新校舎と違い、この図書館には建物自体に歴史的、芸術的価値がある。生徒達の憩いの場としても人気の高い場所だ。

昼休みなので、図書委員とまばらながらも生徒の姿があった。図書委員に桐本先生と約束している事を伝え、四人は資料室に向かう。

ジェイがドアに手を掛けようとしたその時、中から何か重い物が崩れ落ちるような音がした。

瞬間、ジェイの意識が学生から騎士へと切り替わった。

声を上げそうになったエラの口を押さえて止め、扉から離す。

「あ、あの……」

「大丈夫、ここで待ってて」

そして自らは腰の剣を抜き、目配せでモニカに扉の正面に立たないようにして開けてもらい、先頭に立って資料室に突入。明日香も刀を抜いて後に続き、モニカはエラの後ろに隠れる。

中は蔵書であろう本が散乱していた。床はそうでもないが、左右に二つ並んだ机の方は乱雑に本が積み上げられている。その先は本棚が林立しており、部屋の奥は見えない。

会う約束をしていた桐本先生の姿は無い。狙ったのは件《くだん》の短剣か、ここの蔵書か。それとも桐本先生本人か……。

慎重に進んでいると、部屋の奥から微《かす》かな声がジェイの耳に届く。「助けて～」と聞こえた。そう認識した瞬間、ジェイは弾かれたように駆け出す。

この状況を生み出した「敵」がいる可能性もある。不意打ちを警戒しながら声の主を探す。すると資料室の一番奥の壁際で、空になった本棚を発見した。

その前には、その棚に納められていたであろう本が山を作っていた。

辺りを警戒するが敵の気配は無い。本の山に近付くと、今度はハッキリと聞こえてきた。「お～い、そこに誰かいるのか～」と本の山の中から助けを求める声が。

「……敵は、いないみたいだな。皆、手伝ってくれ！」

先程の音の原因はこれか。状況を理解したジェイは、外にいるエラ達を呼ぶ。

するとエラより先に二人の図書委員が入ってきて、手慣れた様子で本を片付け始めた。

「あらあら、またやったんですね。ソフィちゃん」

続けて入ってきたエラが、ひょこっとこちらを覗き込みながら呟いた。

「……また？」

「ええ。よくやるんですよ、これ」

そう言って苦笑しつつ、エラも本の片付けを手伝い始めた。ジェイ達もそれに倣う。

その隣でモニカも「わっ、すごっ」「これ持ってない」と漏らしつつ手伝っている。

「知ってたなら教えてくれても……いや、俺が止めたんだったな」

「ふふっ、凛々しいお顔が見れました♪」

嬉しそうに微笑むエラ。ジェイは少し頬を紅潮させて言い返そうとしたが、結局何も言葉が出ずに本をどかす手を早めた。

すると本の下から色白の手が姿を現した。まるで地面からアンデッドの腕が飛び出たような光景に、モニカは「ひっ」と小さく悲鳴を上げてジェイに抱き付いた。

ジェイはそのまま手の先があるであろう部分の本を脇に退《ど》けていく。そして淡い紫色の髪が見えると、白い手を取り本の山から引きずり出した。

中から姿を現したのは、寝ぐせ混じりの長い髪がぐしゃぐしゃになった女性だった。

年の頃は二十代半ば、地味な色合いのローブは、埃まみれになっている。

野暮ったい眼鏡を掛けた彼女は「あぁ～、助かったぁ～」と言って、そのまま倒れ込んできた。

ジェイは慌てて彼女を抱き留める。

「エラ、もしかしてこの人が……？」

「はい。その人がソフィア＝桐本＝キノザークですよ」

そう、だらしない出で立ちで本に埋もれていた彼女こそが、鑑定にかけては島一番だと言われているポーラ華族学園の歴史教師であった。


図書委員達は、手早く落ちていた本を片付け終えた。こちらが風騎委員の仕事で来ている事は先程告げているので、彼等はすぐに資料室を出ていき扉を閉める。

これで落ち着いて話ができる。ジェイ達は少しスペースが確保された机の方に移動し、ソフィアが気だるげに椅子に腰掛ける。

するとエラが、当たり前の事のように彼女の寝ぐせ混じりの髪をすき始めた。彼女はあまり身嗜みを気にしないタイプらしく、こうしてお世話をする事がよくあったそうだ。

その様子は姉妹のように見えなくもないが、年齢的にはお世話をされているソフィアの方が「だらしない姉」、略して「だらし姉《ねえ》」である。

「よ、よく知ってるって話だったけど、思ってたより仲良いんだね～」

ジェイと明日香も感じていた事だが、口に出して尋ねたのはモニカだった。

「ここって雰囲気の良い庭園もあるから、よく通ってたのよ。そこでお友達とお茶会する時とかに彼女も誘って」

いつも一人でいたから……とは、口に出しては言わなかった。

「ところでエラちゃん、今日はどうしてここに？　お茶会の約束は無かったはずだけど」

するとエラは髪をすいていた手を止め、ジェイの隣に立ち「私の婚約者で〜す♪」と満面の笑顔で腕を組んだ。

「ああ、その子が前に話してくれた……」

かく言うソフィアは二十四歳。家を継ぐ立場ではないため、今もこの通り趣味を仕事にして邁進《まいしん》し続けており未婚である。

そんな我が道を行く彼女を、唯一友達扱いしていたのがエラだったそうだ。

ちなみにエラの開くお茶会は、彼女のそんなノリについていける「少数精鋭」だったとか。

「あの子達、君に婚約者ができたと聞いたらどんな顔するかねぇ」

「きっと祝福してくれるわ〜♪」

「面白がりながらね♪」

楽しそうに笑い合う二人。この少数精鋭だという友人達は、半分ほどが既婚者であり、残りの半分は卒業後も趣味に生きているらしい。

「ど、どんな人達なんだろ？」

「会ってみたいですねっ！」

気になるけど知るのも怖いモニカと、気になるから会ってみたい明日香。好対照な反応である。

それはともかく、ジェイは捜査委任状と鑑定依頼書を見せて、自分が二本目の短剣の鑑定のために来た事を彼女に告げ、彼女に短剣を差し出した。

「新入生が捜査を委任されるとは……やるねぇ、婚約者君」

眼鏡の位置を直し、鑑定依頼書を確認しつつ、彼女はそう呟く。

「先日鑑定を依頼した一本目の方はどうなりましたか？」

「ああ、あれ？　魔道具の類じゃあなかったわ」

そう言いつつ、机の引き出しから大きな虫眼鏡のような物を取り出して短剣を調べるソフィア。

「……うん、これも魔道具じゃないわ」

その虫眼鏡も、魔素を見る事ができる魔道具の一種だ。

ソフィアは二本目の短剣にも魔素は込められていないと鑑定した。

「では、それにも特別な効果は無いと？」

「短剣自体に、魔法とか呪いの効果が無いって意味なら、そうなるね」

「とすると、このデザイン自体に意味がある……？」

何かしらのグループに属するメンバーの証《あかし》として、特徴的なデザインの小物を使うというのはよくある話である。

「そっちの方が可能性高いね。これ、作られたのは最近っぽいんだけど、デザイン自体はめっちゃ古いし。アンティークでもなかなか見ないよ」

「古いって……えっ？　これが流行った時代があるんですか？」

このデザインが受け入れられていた時代があった。その方が驚きであった。

「魔法国時代だからねぇ、そりゃ今とは色々違うよ」

「魔法国……ドラマに出てくる敵国ですねっ！」

明日香が嬉しそうに声を上げた。そう、「魔法国」というのは、ドラマ『セルツ建国物語』に登場する暴虐の魔王が支配する国の事だ。

セルツ連合王国以前にこの地を支配していた国、その名も「カムート魔法国」である。

「あんたもあのドラマ見てる口？　これって、あの時代の短剣に似てるんだよねぇ」

「これがあの時代の！　すごいですねっ！」

明日香が嬉しそうに覗き込む。

一方ジェイは、その話を聞いてまた新たな疑問が浮かんでいた。

「そんな物を今になって作る……何のための短剣かは分かりますか？」

「それを調べるのに資料を探してたら、ああなったのよ」

「ああ……」

実のところ、この図書館に魔法国時代のしっかりした資料は少ないらしい。

そのため建国当時の古い資料を手当たり次第に当たって、手掛かりを探しているところだったそうだ。鑑定が長引いていたのも、それが理由らしい。

「もしかしたら、『純血派』とか古い魔法使いの家とかに聞いたら何か分かるかもね」

「そうなんですか？」

「あいつら、魔法国時代の魔道具とか持ってたりするし、魔法に関しては詳しいわよ」

当時のしっかりした資料も、持っているとすれば彼等だそうだ。

なおジェイの場合は、独学で修行して魔法が使えるようになっただけなので、専門的な知識は実は持っていない。

ソフィアは伝手《つて》が無いそうだが、ジェイは心当たりがあった。友人のラフィアスだ。

「それでは、魔法使いの方はこちらで当たってみます。短剣を一本持っていっても？」

「構わないわ。それなら一本目の方を持っていきなさい。二本目は、念のためにもうちょっと詳しく調べてみるから」

「分かりました。それではよろしくお願いします」

一本目の方の短剣を受け取ったジェイは、早速ラフィアスの下に向かうのだった。


図書館を出て本校舎に戻る頃には、既に昼休みは終わりかけており、ラフィアスに話を聞くのは放課後となった。小熊には家臣を一人使いに出し、少し遅れる旨を伝えている。

サロンに移動して話す事にしたが、気になるのかついてきているクラスメイトが多い。

入学して一月も経っていないのに南天騎士団から捜査を委任されたジェイと、希少な魔法使いであるラフィアス。気になるのも仕方がない話ではある。

現時点ではそこまで問題になるような話にはならないだろうが、念のためエラに皆が近付き過ぎないよう見てもらっている。

「ああ、間違いない。これは魔法国時代のデザインだな」

「悪趣味な時代だったのだな……」

そんな皆が遠巻きにしている中、空気を読まずに会話に参加してきたオード。その視線には、趣味の悪さを憐《あわ》れむ気持ちが込められていそうだ。

それはともかく、一通り事情を説明して短剣を見せてみたところ、ラフィアスはあっさりとそれが魔法国時代のデザインだと断言した。

「……悪趣味なのは否定はしないが、ちゃんと意味があるんだよ」

ラフィアスは柄頭にある、三つ目角ドクロの彫刻を指差す。

「その角ドクロに意味が？」

「いや、角じゃない。眼《め》だよ、『第三の眼』」

そう言って短剣を手に取り、ジェイの眼前に突き付けてきた。

左右から明日香とモニカも顔を寄せて覗き込む。

「『第三の眼』？　この穴に意味があるのか？」

「ああ、魔法使いにはな」

と言いつつラフィアスは右腕の袖を捲り、身に着けている腕輪を見せてきた。

「ハハハ、安物だなっ！　それなら吾輩の腕輪の方が……！」

「そうじゃない！　こっちだ！　これも『第三の眼』だ！」

ラフィアスは腕輪のレリーフを指差す。そこには虎に似た魔獣が彫り込まれている。その顔にも角ドクロと同じく三つの目があり、全ての目に親指の爪ほどの大きさの魔素結晶が嵌《は》まっていた。

「その目の部分に嵌め込まれている石は魔素結晶か？」

「ああ、これは魔法使いの、いざという時の備えさ」

つまり体内魔素が枯渇した時のための予備タンクである魔素結晶本来の使い方である。

もっとも魔素結晶を通貨にしている以上、財布があれば事足りるのだが、『純血派』では象徴的な意味合いでそうした習慣が続いているらしい。

腕輪自体はただの台座で、魔道具などではないとの事だ。

「すごいですねっ！　それも当時の物なんですか？」

「いや、これは入学前に作ってもらった物だ。『魔獣に第三の眼』が最近の流行りでね」

『純血派』魔法使いの間の流行なので、ものすごく狭い範囲の流行である。

そして『ドクロに第三の眼』は、魔法国時代の流行りだったそうだ。

「ただ、それにも嵌め込まれていたかはちょっと分からないな。そのサイズだと込められる魔素もたかが知れているから、備えとしてもちょっとね」

確かに小さな角ドクロの眼では、米粒以下の小さな魔素結晶しか入らないだろう。

こういう物は身に着けられる装飾品などにする物で、ラフィアスも短剣タイプは今まで見た事が無いとの事だ。

「つまりこの短剣は、その『魔法使いの備え』ではないと？」

「そのサイズだと、三つ全部使っても魔法一回分ぐらいじゃないか？　備えとしては役に立たん」

「一回、ね……それ、使い切った後だと魔素は検出されるのか？」

「使った直後なら」

魔素結晶は、魔素を使い切ると跡形も無く消えて霧散する。使い切ってしばらく経った後ならば魔素は検出されないだろう。

「まぁ、ずっと残るものだったら、ボク達今頃魔素まみれだよね。いつも魔素種と結晶持ち歩いてるし、魔動機使ってるし」

結局のところは、モニカの言う通りであった。

さて、ここまでの情報で、短剣が魔法王国時代のデザインである事が分かった。

しかし、この短剣自体はそれほど古い物ではない。つまり誰かがあえて魔法王国時代の様式に合わせて作っている、あるいは作らせているという事だ。

「となると、やっぱり気になるのは『何のための短剣か？』だな」

「そんなの分かる訳がないだろう。儀式に短剣を使う事はあるが、柄のデザインまで定められている儀式なんて聞いた事がない！」

ラフィアスは「そんな事も分からないのか」と言いたげだ。

「あ……こういう悪趣味なデザインばっかじゃなかったんだ？」

「当たり前だ！　君は魔法使いをなんだと思っているんだ⁉」

怒鳴られ、モニカは逃げるようにジェイの背に隠れる。

「待て、ラフィアス。つまり……これを作ったヤツは、あえてこのデザインにしてるのか？」

「ん？　まぁ、そういう事になるな」

「そうなると『第三の眼』が気になるな。これには何か特別な意味があるのか？」

「ああ、例のドラマにはまだ出てきてないのか？　いずれやると思うが……」

言うまでもなく、ドラマ『セルツ建国物語』の事である。

「って、君は何をしている？　この僕がわざわざ説明してやるというのに」

何故か明日香が背を向けてしゃがみ込み、両手で耳を押さえていた。

「あ～！　聞こえません～！　ネタバレ聞きたくありませ～ん！」

「ネタバレって、あれは王国の歴史に基づいて……」

「あたし、幕府の歴史しか知りませんっ！」

「大丈夫だ、吾輩はネタバレなんぞ気にしないぞ！」

「お前は知っておけ、王国華族ッ‼」

明日香については諦《あきら》めたようだが、オードに対しては力を込めてツッコミを入れた。

「ラフィアス君。華族学園に来て初めて建国の歴史を学ぶ人って結構いるわよ？」

「…………そうなのですか？」

見かねたエラが声を掛けた。彼女の言う通り地方の領主華族は、そういう事はポーラで学べば良いと考える者が少なからずいる。

その代わりに領主の仕事を手伝わせるなど、実践的な事を学ばせるのだ。

これが内都の華族であれば、幼年学校で基本的な事を一通り学ばせたりするのだが。

ちなみにジェイも学ばなかった口だが、モニカの影響で幼い頃からその手の本を読んでいたため知っている。

「あれは、知ってる話がどう映像化されるかを見るのが面白いのに……」

そんな彼の背に隠れながら、モニカがポツリと呟いていた。


結局明日香は、エラの所に行って距離を取った。なにげにこちらの様子を窺っていた生徒も数人いなくなっている。あのドラマ、結構人気があるらしい。

ラフィアスはコホンと咳払《せきばら》いをし、気を取り直して話を続ける。

「君達は『魔神』というものを知っているか？」

「えっと、『暴虐の魔王』の事だよね？　『カムート魔法王』だっけ？」

「それは正確ではないな。魔法王も魔神だったのは確かだが」

モニカがおずおずと答えたが、ラフィアスがすかさず訂正を入れた。

「魔神というのは、魔法の極みだ。いや、魔法を極めた者が魔神に至ると言うべきか」

「ちょっと待て、ラフィアス。さっき魔法王も魔神って言ってたよな？　つまり、他にも魔神がいたのか？　魔法を極めたヤツが何人も」

「当時は魔法国の名の通り、魔法使いがこの地を統治していたのは知っているだろう？　魔法使いの数も多く、また今よりも優れた魔法の技術があったのさ」

当時は魔法使いが、魔法を使えない人達を支配していた。しかしその支配は苛烈《かれつ》なもので「魔法使いに非《あら》ずんば人に非ず」という考え方がまかり通っていたとか。

だが、それを良しとする魔法使いばかりではなかった。

ドラマ『セルツ建国物語』では、騎士と武士が『暴虐の魔王』を打倒するために立ち上がったとされているが、その騎士も実は当時の魔法使い、すなわち魔法騎士である。

そう、カムート魔法国打倒の戦いは、実は魔法国の内乱という側面も持っていたのだ。

「ああ、吾輩も知ってるぞ！　魔王を倒した魔法使いの子孫こそが吾輩達だ!!」

この辺りは先祖、家の歴史に関する事なので、華族ならば歴史を学んでいなくても知っている人は珍しくない。

「でも、魔法を使えるヤツは減っているんだよな」

「魔法を使えなくても魔動機は使える。時代の流れであるな」

「フン！　武士などという連中の血を混ぜるからだ！」

実のところ、当時の戦いは「魔神になれるレベルの魔法使い」と「なれない魔法使い」の戦いだった。普通に考えれば後者に勝ち目は無い。

そこで起死回生の一手として行われたのが、異世界から勇者を招く召喚儀式であった。

そうして召喚されたのがドラマにも登場する「武士」達だ。「東京」から来たという彼等は、総勢数百人はいたと言われている。

おそらくその武士達は江戸が東京になった後、すなわち明治維新後辺りの士族達であろう。この歴史を知ったジェイは、自身の前世の記憶からそう判断していた。

「でも、武士がいたから勝てたんだよね？」

「そ、それは！　そうなん、だが……！」

思わずツッコんだモニカだったが、ラフィアスが凄《すさ》まじい苦悶《くもん》の顔になったため、怖くなって再びジェイの背に隠れた。

「なるほど、魔法王を倒すのに武士達の力も借りたから、その後興ったセルツは魔法使いだけが支配する国じゃなくなったのか」

その時一部の武士が離脱し、武士の国を興している。それがダイン幕府である。

「そうだ！　結果として魔法使いの血に不純物が混じり、魔法の力が弱まった！」

このままではいずれ魔法の力は消えてしまうだろう。だからこそ魔法使い同士で婚姻《こんいん》して、再び魔法使いの血を濃く、力を強めていかなければならない。

そう考えているのが、ラフィアス達『純血派』であった。

「ところで……『第三の眼』はどこに出てくるんだ？　話がズレてきていないか？」

「あ……ああ、すまない。少し熱くなっていた。『魔神になった者は、第三の眼が開く』と言われているんだ。だから第三の眼は、魔神の象徴でもある」

そのため昔から「強い魔法使いになれますように」という願いを込めて、第三の眼をモチーフにしたお守りを持たせる風習があるそうだ。

ラフィアスの腕輪もそれだが、こちらは自分で作らせたという話なので、魔法使いとしての向上心の表れと見るべきだろう。

「じゃあ、この短剣を持っていた二人も『純血派』……？」

「ハッ、魔法使いになってから言え！」

ラフィアスは鼻で笑った。ジェイも、自分で言っていて無理があると思う。

残念ながら、ラフィアスもこれ以上の情報は持っていなかった。

何のために作られた短剣かという方向から調べるのは、この辺りが限界のようだ。

だが、収穫もあった。魔素結晶を嵌め込んでいれば魔法一回分ぐらいにはなる。

これがただの短剣という可能性は低いとジェイは感じている。やはり魔素結晶が嵌め込まれていたと考えるべきだろう。

それが二人を捕らえた時点では無くなっていた。つまり使われていた。

ならば、その一回分がどう使われたのかを調べる価値はあるはずだ。

「ありがとう、ラフィアス。次の捜査の指針になったよ」

「そうか、役に立ったなら何よりだ」

ラフィアスに礼を言うと、ジェイ達は小熊と合流するべくサロンを出た。

学園を出たジェイ達は小熊と合流。学園内の捜査で得た情報を彼にも伝えた。

「その短剣の柄頭に魔素結晶が？　ああ、あれっスね！　旅する時は、ブーツに魔素結晶を隠し持っておくとかいう……」

「隠し財布じゃない。そういう旅の知恵袋みたいな話じゃないから」

ジェイ達がそうだったように、昨今は華族も魔法に関する知識が乏しい。まあ小熊についてはそれ以前の問題である気もするが。

それはともかく、ここからは捜査だ。

短剣に仕込まれていたであろう「魔法一回分の魔素」が何に使われていたのか。

それを知るには、捕らえた二人の足取りを追う必要がある。

「足取りを追う、これぞ南天騎士って感じっス！　よし、行くぞぉ!!」

「あ、ちょっ!?」

その事を説明すると、早速小熊が駆け出した。情報は足で稼ぐと言わんばかりに、止める間も無く。彼の家臣も「待ってください、旦那～！」と慌ててその後をついていった。

「ど、どうするの、ジェイ。追っ掛ける？」

「……いや、どの道手分けする事になるから、ひとまず放っておこう」

戸惑っている様子のモニカに、ジェイは呆れ混じりに答え、そのまま小熊達を見送る。

「それじゃ、捜査の前に一度帰りましょうか」

エラに促され、一行は一旦帰宅。

「お姉さんの風騎委員講座ぁ～♪」

そして皆で居間に入った途端に、彼女が何やら妙な事を始める。

ペンを指示棒代わりにして女教師のつもりのようだが、制服姿なのもあって教師には見えない。

しかし「美人の先輩生徒会長」とか言われたら、信じてしまいそうではあった。

「ちょっとさっきのを見て、勘違いしたらまずいかな～っと」

ジェイ達四人がソファに座ると、エラは続きを始める。

態度は軽いが、内容は真面目なようだ。

「勘違い、ですか？」

「ええ、風騎委員の捜査って二通りのやり方があるんです。一つはさっきの小熊さんみたいな自分の足で聞き込みをするやり方。もう一つは……」

「家臣に任せる、ですか？」

「……あらら」

「正解みたいですよ！　ジェイ、すごいですねっ！」

種明かしをすると、ジェイは領内で起きた事件に介入する際、自分で捜査するのは危険だと言われ、家臣に任せる事が何度もあったのだ。

領主華族の跡取りとして育てられたからこそ身についた振る舞いと言える。

刑事ドラマなどの現場に向かう刑事と、それを指揮する「ボス」をイメージすると分かりやすいかもしれない。

「そういうの、領主華族の常識なのねぇ～……私も勉強しないと」

「どっちかというと、領主華族か宮廷華族かというより家の規模かな？」

宮廷華族でも冷泉家クラスとなると家臣は大勢いるし、小領主だと家臣はあまり用意できない。

結局のところは「指揮官」である事に慣れているかどうかだろう。

その点ジェイは、指揮官として戦場に立った事が何度もある。

対してエラは、指揮するような仕事を任される事がほとんど無かったようだ。

どちらもよくあるタイプといえば、よくあるタイプである。

「ねえねえ、エラ姉さん。南天騎士とかは、どっちが多いの？」

「半分以上が小熊さんみたいなタイプよ、モニカちゃん」

家を継げない者が騎士団入りを目指す事が多いので、当然といえば当然である。

しかし、同じ家を継げない立場でも、領主華族の次男などは、地元の若者達への仕事の斡旋《あっせん》も兼ねて家臣を融通してもらえたりする。

そのため騎士団でも重宝され、出世しやすいという傾向があった。

という訳で、ジェイは家臣に捜査を任せる事にする訳だが、ここで家臣達の内訳についてもう少し詳しく説明しておこう。

現在この家には兵十人、従者四人、侍女六人、合わせて二十人の家臣がいる。三人の婚約者が連れてきた分も合わさっている事もあり、学生としては破格の規模だろう。

まず明日香は護衛として女性剣士の兵を三人、エラは侍女を一人連れてきている。

実は彼女達は、それぞれ「侍女もできる兵」と「兵もできる侍女」であるため、この四人は兵と侍女を兼任していた。

そしてモニカは、兵と従者を二人ずつの合わせて四人を連れてきている。どちらも男女一人ずつの組み合わせだ。

兵二人の方は元々商会の隊商を護衛していたベテラン達で、モニカが婚約者になった際に専属の兵になっていた。逆に従者の方は、今も商会から派遣されている立場である。

「あ、ジェイ。ボクんとこの二人も使っていいよ」

「ありがたい。こういう時は頼りになるからな」

ここで言う二人は、兵ではなく従者達の方だ。彼等は商売に役立つ情報があればアーマガルトの本店に送る、いわゆるマーケティングの仕事も担っている。

いわば情報収集の専門家であり、聞き込みなども得意であった。

残りの兵五人、従者二人、侍女五人は、ジェイが連れてきた者達だ。それぞれ一人ずつが年配のベテランで、他はジェイと同年代の若者達だ。

「聞き込みしてほしい事は二つ。この短剣を持っていたボー達が、事件を起こす前の足取りだ」

「そういえばボーって人は、卒業後も故郷に戻らずポーラに残っていたんですよね」

「エラ、ここの宿舎って……」

「卒業と同時に返却ですね」

「どこで寝泊まりしてたんだ、あいつ……その辺りも調べてもらおうか」

「あ、ジェイ！　それならあたしの兵も使ってください！」

「彼女達はまだ王国に不慣れですし、慣れるためにもその方が良いかもしれませんね。もちろん、慣れている人と一緒にですけど」

エラの意見もあって、ジェイの兵二人と、明日香の兵三人の内若い二人が組んで、二人ずつの二手に分かれて聞き込みしてもらう事となった。

明日香の側には、年配のリーダー格である一人が残る事となる。

「それと、短剣を売ってるヤツ、作ってるヤツがいないかも調べてほしい。こっちは商人とかを当たる事になるだろうから、商会の二人に頼む。護衛は付ける」

商会の二人に、ジェイの兵を一人ずつ付け、こちらも二手に分かれて調べてもらう。

「俺はここで待っているから、何かあったらすぐに戻ってきてくれ」

こういう時、ジェイは待機しておかねばならない。「報告する相手がどこにいるか分からない」という事態を避けるためだ。

ちなみに「電話」ならぬ「魔動伝話」は存在しているが、広く普及しているとは言い難く、また「魔動公衆伝話」や「魔動携帯伝話」は存在していない。

この家にも魔動伝話は置いてあるが、外から連絡するのは厳しいので、彼等は戻ってきて報告する事になるだろう。

「それじゃ、頼んだぞ！」

「ハッ！」

こうして四組、合わせて八人の家臣達が、街に聞き込みに出掛けた。

この世界も一日二十四時間で今は十六時、すなわち午後四時だ。この時間帯は下校中に寄り道している学生などで商店街が騒がしくなる。彼等もまずそこに向かうだろう。

その間ジェイは、いつでも飛び出せるように準備をして待つ事となる。

居間のソファに腰を下ろしたジェイは、魔動テレビを起動してポーラ教育放送チャンネル『PE《ペー》テレ』に変える。

この時間帯は、下校してきた学生向けにその日あった島内のニュースを中心にお届けする「ポーラスチューデントニュース」略して『PS《ピーエス》ニュース』が放送中である。

エラが侍女に命じてお茶を用意してくれた。学生キャスターの少女が読み上げるニュースを聞きながら、それを飲んで一息つく。

この番組はほのぼの系などの小さなニュースは学生キャスターが、事件などは本職キャスターが読む事になっている。今は新入生向けにオススメの店を紹介している。

明日香とモニカは、ケーキが美味しい店の紹介を見ながら行ってみた〜いとはしゃいでいるが、ジェイは同じ画面を見ていても心ここにあらずといった様子だ。

それに気付いたエラが、心配して彼の隣に移り声を掛ける。

「ジェイ君？」

「ああ、エラ姉さん。それいつも通りですよ」

しかし返事をしたのは、モニカの方だった。

「ジェイって、こういう時待ってるのが苦手なんですよ。自分で動く方が得意だから」

「ああ、そういう……」

指揮官の振る舞いができるからといって、それを好んでいるとは限らないのだ。

ならばとエラは、ジェイの気を紛《まぎ》らわせるためにある提案を持ち掛ける。

「それじゃ、少しお話しましょうか。一連の事件で、何か気になっている事はある？　私は三年ここにいたから、この島についてはジェイ君達より詳しいですよ」

「…………そうですね」

するとジェイも反応した。彼もまた事件の情報を整理しようとしていたのだ。

「やっぱり気になるのは、どうしてボーが卒業後もこの島に残っていたかだな。そういうのってよくある話なのか？」

「無くも無い……ですね。ここに来る時の学生行列の護衛として雇った無役騎士の人達がそうなんですけど、帰っても家を継げないから、卒業後も王都に残るって人はいますし」

「実家に戻っても部屋住みだから、王都に残ってお仕事探してるんですね、分かります」

口元をひくつかせながら、モニカがぼやいた。

なお「部屋住み」というのは、家を継ぐ立場ではないが、分家として独立したりせず居候状態で家に留まっている者達を指す。

「ジェイ君……私、今日は家に帰りたくない……♡」

その時、芝居がかった調子でエラがしなだれかかってきた。

「……みたいな、わざと帰ってないパターンもありますけどね♪」

そして上目遣いで、ぺろっと舌を出す。

ここでうろたえると思うつぼだと思ったジェイは、ツッコミは放棄して、彼女の肩に腕を回して抱き寄せた。エラは一瞬身を震わせたが、抵抗せずにそのまま身を委ねてくる。

「はいはい、縁談とかで家族とトラブったパターンだね」

「モニカちゃん、兄姉の下につくのが嫌だから帰らないパターンもあるんですよ～♪」

「身も蓋《ふた》も無いですねっ！」

そんな様々な理由で王都に残っている無役騎士達は、先日の護衛のような任務を受けるなどして生計を立てている。

独立はしていないので、立場的に王都に単身赴任しているようなものだ。

「ただ、そういう人達って大抵内都周辺に引っ越すんですよね。便利ですから」

ボーのように、ポーラにそのまま残っていたというのは珍しいらしい。

内都周辺であれば任務も多く、実入りも良くて、生活する分にはさほど困らないとか。

見方を変えれば家に縛られず自由を満喫する者達である。汎用的に扱えて比較的安価な槍を好んで使い、『自由騎士《フリーランサー》』と名乗っている者達もいるそうだ。

「なるほど～、ダインの浪人みたいな人達なんですね。そういう人達って、騎士団入りを目指すんですか？」

「そういう人もいるわね。まぁ、色々よ。ああいう仕事に就く人もいるし」

そう言ってエラが視線を向けたのは、テレビに映る学生キャスターだった。

ポーラの学生向けという事は、華族向けという事でもある。

そのためＰＥテレや、ドラマ『セルツ建国物語』を放送しているセルツ放送協会『ＳＨＫ《エスエイチケイ》』は、家を継がない華族達の花形の進路の一つであった。

「……つまり、ボーも仕事を探していた？」

「いや、それで、なんでああなるの？」

思い付いた事を口にしたジェイだったが、すかさずモニカにツッコミを入れられて捕まえた時のボー達の様子を思い出す。

まともに会話が成立しない状態。何をすればああなってしまうのか。

会話が成立しないと言えば、アルバートもそうだった。

騎士団入りを目指していたが上手《うま》くいってなかったというのは、彼もまた仕事を探していたと言えるかもしれない。そういう意味ではボーに似た立場だ。

そんな事を考えていると、『ＰＳニュース』のキャスターが本職の人に代わった。

その男性キャスターは、アルバートのニュースを読み始める。

「逮捕されたのはポーラ華族学園の三年生、風騎委員を務める……」

南天騎士団の方で調べが進んでいたようで、アルバートの身柄についても読み進めていく。

風騎委員の名誉は自分達に懸かっている。ジェイはそのニュースを聞きながら、周防委員長の言葉を思い出していた。

聞き込みに行かせた家臣達が戻ってきたのは夜遅くの事だった。

先に帰ってきたのは商会従者達だ。一緒に食事をしながらの聞き込みだったので、夕飯は済ませてきたらしい。

「残念ながら、短剣を作っている者は見つかりませんでした。武器屋の者達が言うには、本土で作られて島に持ち込まれているのではないかと……」

「……抜け荷か？」

抜け荷とは、すなわち禁じられた品を扱う密貿易の事である。

「いえ、あの短剣自体は堂々と持ち込んだとしても咎《とが》められる事は無いでしょう」

悪趣味ではあるが、それ自体は犯罪ではないのだ。

島を出入りする物をチェックするのも南天騎士団の仕事なので、この件については小熊に調べてもらった方が良いだろう。

「こちらは鞘師を当たってみました。あれと同じ短剣の鞘を作った者が一人……」

「鞘を？　ボーとアルバートは持ってなかった……いや、あの場に持ってきていなかっただけの可能性もあるか。誰が注文したのか分かるか？」

「はい、それが……」

「どうした？」

「こちらが捜査を委任された風騎委員の使いだと伝えると教えてもらえたのですが、偽名の可能性もあるし、そもそも注文に来たのが持ち主本人とは限らないと……」

その報告を受けて、ジェイは眉をひそめる。なお、教えてもらった名前は漢字の家名が無かったそうだ。持ち主本人の本名だとすれば、華族ではないという事になるが……。

「ただ、その短剣は……三つの目全てに魔素結晶が嵌め込まれていたそうです」

「そうか……」

やはり「一回分の魔素」が、鍵を握っているようだ。

しかし結局のところは「何のために使うか」が問題なので、この点については「まともに会話ができる状態の」持ち主から話を聞かなければならないだろう。

このタイミングで、聞き込みに行っていた兵達の片方が帰ってきた。

こちらは食事だけでなく酒も飲んできたようで、見事に酔っぱらっている。戦場では頼りになる者達なのだが、これでは今すぐ話を聞くのは難しそうだ。

しかし、明日香の家臣の女性剣士達は酒量を控えめにしていたようで、こちらはすぐに話せる状態だった。

「ボーの同級生だったという者に会う事ができました」

その人物は在学中のバイトで培ったコネとスキルを活《い》かして、今は自由騎士をやりながら酒場の料理人をしているそうだ。

話を聞きたいなら注文してくれと言われ、その料理が意外と美味しく、気を良くした彼が酒を勧めてきた結果がご覧の有様らしい。

「その人が言うには、ボーは新たに家を興すために騎士団入りを目指していたそうです」

「騎士団入り……アルバートと一緒か」

「そうなりますね」

女性剣士は呆れ顔になっている。彼女はダイン幕府の人間なので、何やってるんだ王国人と言いたい気持ちなのだろう。

しかしすぐに自分の表情に気付いたようで、誤魔化すように小さく咳払いをする。

「……失礼しました。ただ、騎士団入りは失敗したようですね。そもそも風騎委員でもなかったようですし」

「風騎委員じゃないのに騎士団入り？」

その報告にエラが首を傾げる。

彼女が知る限り、騎士団入りを目指すならば早い内から風騎委員に入った方が良い。学校側からもそう勧められる。

風騎委員にならないまま卒業したという事は、彼が騎士団入りを目指し始めたのはかなり遅いという事になる。

ちなみに明確に定められている訳ではないが、原則として三年生になると新たに委員会入りはできない事になっていた。

何か騎士団入りしなければならなくなる事があったのだろうか。ジェイがそんな事を考えていると、最後の一組が帰ってきた。

「やりましたぜ、若！　バッチリだ！」

勢いよく部屋に入ってきたのは、チェインメイルを身に着けた大柄な兵。

彼は小熊と一緒に戻ってきていた。聞き込み中に会い、一緒に捜査したとの事だ。

こちらは夕食もまだらしいので、すぐに侍女に用意してもらう。

「ボーの部屋を見つけて、小熊の旦那と一緒に調べてきやした！」

南天騎士の小熊が一緒だったので、スムーズに家の中を捜索できたそうだ。

「それで、こんな手紙がですね……いや、俺は読めねえんですけど」

ジェイはその手紙を開いて納得した。それは「漢字」まじりで書かれていたのだ。

転生した彼自身も驚いた事なのだが、この世界では会話も読み書きも日本語が使われている。かつて召喚された武士達の影響だろう。

元々使われていた言語もあったが、そちらは魔法使い達が知識を独占していた。そのため魔法使い以外だと読み書きできない者が大半だったのだ。

そして戦後国中に散った武士達の中から、戦災孤児の保護を兼ねて孤児院兼学校の『寺子屋』を開く者が現れ出した。

当時は戦争の被害が大きかった事もあって寺子屋は数を増やしていき……その結果、この世界に元々あった言語よりも日本語の方が普及してしまったのである。

そもそも武士達は、魔法使い達とは翻訳魔法で会話をしており、この世界の言葉を知らなかったのだから仕方がない。教えられるのが日本語だけだったのだ。

ただ、一般的には「ひらがな」と「カタカナ」だけが使われている。この二つは識字率がそれなりに高いのに対し、漢字は識字率が低いためだ。

そのため布告などはひらがな、カタカナの二種類だけが使われていた。

漢字になる部分をカタカナに置き換えて表記する。つまり「カンジになるブブンをカタカナにオきカえてヒョウキする」という事だ。

なお、『セルツ建国物語』などのタイトルや、店の看板などはあえて漢字が使われていたりするが、その理由が「格好良いから」だったりするのは余談である。

それはともかく、手紙は漢字交じりでボーに実家に帰ってくるよう促すものだった。実家の方では縁談を用意していたようだ。

「それでも戻っていなかったって事は、縁談相手に不満があったのか？」

「他に好きな人がいた……とか？」

「そういえば、レストランでウェイトレスを……」

モニカの言葉に、ジェイも思い当たる節があった。

「う～ん、愛ゆえにって感じですけど、それと騎士団入りってどう関係するんですか？」

「家を継がない人が騎士団入りした場合、新しく家を興す事が多いのよ」

続けて明日香も疑問を口にするが、これにはエラが答えた。

「あ、それ狼谷団長っスね。入団した時に独立したって聞いてるっス」

侍女が用意した食事をかき込んでいた小熊が口を挟んできた。

「つまり……ボーは好きな人がいて、実家が用意した縁談には反対だった」

「家を興して一家の当主になれば、結婚相手は自分で選べるわね」

「あたしは自分で選んでませんけど、ジェイで良かったって思ってますよっ！」

モニカがまとめ、エラが補足し、そして明日香がのろける。

ジェイは視線を逸らしたが、頬が紅《あか》い。それに気付いている明日香はにこにこ顔だ。

「と、とにかく、ボーが騎士団入りを目指していた動機は見えてきたな！」

誤魔化し気味に声を上げるジェイ。エラがそれを微笑ましそうに見ている。

「だが……そうなると分からない事がある。ボーが騎士団入りできなかったのは、風騎委員じゃなかったからか？」

「単に実力が足りなかったからじゃないっスか？」

その疑問には、小熊が馬鹿《ばか》笑いしながら答えた。食事はもう食べ終わったようだ。

「実力か……アルバートもそんな感じだったのかな」

決闘での戦い振りを見る限りはそのように思える。

騎士団入りを目指すために強さが必要というのは分かる。だが、あの短剣自体は武器としては大した物ではない。

あの三つ目に魔素結晶を嵌め込めば何か特別な事が起きる可能性はあるが……。


「よし、俺達は明日周防委員長に会いに行ってくる」

今日得た情報を基にジェイは明日の捜査方針を判断する。

エラによるとソフィアは休みの日も図書館にいるそうなので、まずジェイ達は学園に行って彼女に会いに行く事にする。

「小熊さん、南天騎士団って島に入る物のチェックをしてますよね？　そちらに短剣を持ち込んだヤツの情報が無いか調べてもらえますか？」

「短剣を島に持ち込んだヤツを探すんスね！　了解っス！」

これで見つからなければ、抜け荷など秘密裡《り》に持ち込まれたと考えられる。

それともうひとつ、家臣達に調べてもらう事がある。

「お前達は、鞘を注文した人物を探してみてくれ。見つけたら短剣持って暴走してる可能性もあるから、護衛をしっかり連れてな」

「承知しました」

商会従者の二人に引き続き聞き込みを頼む。兵の方はジェイ達の護衛と、彼等の護衛に分ける事となった。

ボーの目的などは分かってきたが、そのためにどうして短剣が必要だったか、短剣で何をしようとしたのかがまだ見えてこない。アルバートも同様だ。

明日は短剣を持ち込んだ者と、三人目かもしれない鞘を作らせた者。二つの方向から真相に近付いてみるとしよう。

翌日、ジェイ達はまずは図書館のソフィアの元に向かう。学園に入るので当然四人ともポーラの制服姿である。

彼女は昨日からずっと図書館の資料室に篭《こも》っているそうだ。

一日振りにソフィアを訪ねると、今度は机の上に本の山を作っていた。また本棚を崩したのではなく、調べた資料を片付けていないらしい。

エラが声を掛けると彼女は顔を上げた。目の下に隈《くま》が浮かんでいる。

エラが少しは休みなさいと注意したところ、お茶が入ったカップを手に休憩がてら話をしてくれる事になった。

「『一回分の魔素』ねぇ……それ、大した量じゃないよね？」

まずジェイ側の捜査結果を伝えると、ソフィアは眉をひそめた。

結晶の大きさは、込められた魔素の量に比例する。米粒サイズが三つあっても大した量にはならないというのは分かり切っている事だ。

「……まぁ、私の推論的にも、そういうのが付いてても問題ないけど」

「推論？」

「うん、これ単体で完結してないんじゃないかなって……」

「今のところ鞘無しで見つかってるけど……鞘の方が本体って事？」

「それも考えられるね」

モニカの問い掛けに、ソフィアはお茶をすすりながら答えた。

「魔素結晶が付いてたとなるとねぇ、もっと大きな魔道具の起動キーってのも考えられるし、儀式の道具ってのも考えられるかな」

「……そっか、『魔素付きの短剣』が儀式で使う条件ってのはあり得るのか」

モニカがそう呟くと、ソフィアは「そういう事」と言って笑った。

彼女が机の上に広げている資料も、図書館中から集めたそれらに関する資料だった。

「でも、使用者がああなる儀式なんてねぇ……」

「それ、失敗してああなった可能性もありますよね？」

「だろうね。成功してああなるなら、何のための儀式だって話だし」

だから余計に分かりにくい。残念ながら、こちらにはこれ以上の情報は無さそうだ。

ソフィアから話を聞き終えたジェイ達は、次はどこを調べるべきかを考えながら郷桜の並木道を歩いていた。郷桜は、入学式の頃ほどではないがまだまだ見応えがある。

並木道を半ばまで進むと、桜の木の下に制服姿の小柄な少女が一人立っていた。浅葱色の丈夫な半袖シャツに赤いスカーフ、裾が長めの半ズボン。動きやすさを重視した野外用の制服だ。

彼女もこちらに気付いたようで、短めのポニーテールを揺らして駆け寄ってきた。

「明日香ちゃーん！」

「あっ、ロマティちゃん！」

明日香が嬉しそうな声を上げた。彼女の名前はロマティ＝百里《ももさと》＝クローブ。明日香の友人であり、ジェイ達のクラスメイトでもあった。

二人でひとしきりはしゃいだ後、ロマティは真剣な顔でジェイに向き直る。

「昴君、単刀直入にお願いしまーす！　あなた達の捜査を取材させてくださーい！」

ポニーテールを揺らして頭を下げる。彼女の腕には放送部の腕章が着けられていた。

「いや、そういうのは風騎委員を通してくれないと……」

「知ってますよー、さっき行きましたからー！」

今日朝一で、直談判するために周防委員長を訪ねたそうだ。

「ていうか、解決してから取材するならともかく、今から取材してどうすんの？」

「モニカさん、何言ってるんですかー！　今、風騎委員ピンチじゃないですかー！」

「それは風騎委員が捕まった件を言ってるの？」

「はい、エラ姉さん！　私の兄も風騎委員だから、他人事じゃないんですー！」

「……何年生？」

「三年でーす……ここで悪評が立ったら、兄の騎士団入りに響きかねませんよー……」

身も蓋も無い話だが、それだけに彼女も必死だった。

「だから昴君を取材して、風騎委員の仕事っぷりを、真実を伝えるんです！　ほら、昨日の話、私も聞いてましたからー！」

サロンでジェイ達がラフィアスと話していた時、ロマティもギャラリーの中にいたそうだ。

それで今年の風騎委員は期待できそうだと思っていたところに昨夜のニュース。

これは放っておいてはいけないと感じたロマティは、早朝アポも取らずに周防委員長の所に押し掛けたそうだ。

そして風騎委員の名誉回復のためにも必要だと説得し、周防委員長の許可をもぎ取ってきたらしい。かなりの行動力である。

「私ねー、昴君には結構期待してるんですよー。だから取材させてくださいねー」

「言いたい事は分かるが、三人目の暴走者と遭遇する可能性もあるぞ」

しかし、ジェイはあまり乗り気ではなかった。ロマティが同行すると、護衛対象が一人増える事になるからだ。

「悪いけど……」

「例の短剣、私も調べました！　その情報を提供します！」

断ろうとしていたジェイだったが、ロマティの一言でピタリと言葉を止めた。

「……それ、なんでお兄さんに教えないの？」

「ウチの兄、脳筋なんでー……」

虚《うつ》ろな目で答えるロマティ。その様子に、モニカは思わずゴメンと謝った。

ロマティに加えて、友人の明日香、そして同情してしまったモニカが三人並んで、すがるような目でジェイを上目遣いで見つめる。

その視線に耐えかねてエラに助けを求めたが、彼女が助け船を出す事は無かった。それどころか楽しそうに四人を眺めて、ジェイの答えを待っている。

「……分かった。ただし、こちらの指示には従ってもらうぞ、百里さん」

こうなるとジェイには、白旗を揚げるしか道は残されていなかった。

「ロマティでいいですよー。明日香ちゃんにはそう呼ばれてますしー。あっ、指示に従うのは了解でーす！　私、基本的に逃げる専門なんで荒事は無理無理ですからー！」

そう言ってロマティは白い歯を見せてニッと笑った。なんというかぐいぐい来るが、陽気で愛嬌のあるタイプだ。明日香とすぐに友人になれたのも、この性格故なのだろう。

「分かった。こっちもジェイでいい。ロマティは、基本的に明日香の側《そば》にいてくれ」

「分っかりましたー！　あ、そうそう例の短剣の話なんですけどね……」

受け入れられたロマティは、早速独自の取材で手に入れた短剣の情報を開示する。

「ロマティ、見つけちゃいましたー！　いましたよー、あの短剣持ってる人！」

「そいつも事件を起こしたのか⁉」

「いえ、事件は起こしてませんねー。暴走もしてないです」

その人物は、魔素結晶が嵌め込まれた短剣を、鞘に収めた状態で持っているらしい。

「もしかして、例の鞘を作らせた人物か……？」

「ロマティちゃん、その人は一体……⁉」

「PEテレの曽野《その》さんだよ。ここの卒業生で、『PSニュース』のスタッフ」

既にPEテレに就職しているため、当然騎士団入りは目指していないだろう。つまり、ボーやアルバートとは、また異なるタイプの人物だ。

「放送部に入った時、先輩に連れられて挨拶に行ったんですー。その時は、趣味悪いな～って流してたんだけど……」

先日ジェイ達とラフィアスが話している時に短剣を見て、どこかで見覚えがあるなと記憶をたどり、彼にたどり着いたそうだ。

「曽野さんが暴走して事件を起こしたみたいな話は聞いた事が無いから、今も持ってるんじゃないかなー？」

「その人に会えるか？」

「私だけじゃ無理ですねー。でも、『PSニュース』に出てる先輩に、話を通せば？」

「よし、行こう！」

　この手掛かりを逃してはならない。そう判断したジェイは、ロマティの手を引いてPEテレに向けて駆け出していた。


　PEテレは、商店街を通り抜けてそのまま南下した先、島の中心辺りにある。

　そちらには学園関係者の住宅や繁華街、そして大きな古城があった。

「……あの城はなんだ？」

「ああ、あれは旧校舎ね」

　ジェイの疑問に、エラが答えた。ポーラ華族学園の最初の校舎は、魔法国時代の城を流用したものなのだ。

「幽霊が出るって噂のとこですねー。立ち入り禁止なのに誰が目撃したんだか」

「そういえば幽霊を見つけると、成績が上がるって噂があったわね」

「成績が上がるんですか？　その幽霊、すごいですねっ！」

　新校舎に移ってから訪れる生徒は減り、今では繁華街もできたが、学生には少々近寄りがたい町となっていた。放送部のロマティも、来るのは二度目であった。

　夜が本番の町なので、昼前の今は静かなものだ。

旧校舎以外の立ち並ぶ建物も、歴史を感じさせる赤煉瓦《れんが》の大きな建物が多い。

そんな中でもPEテレは比較的新しい白塗りの壁だ。三階建ての屋上に掲げられた太陽を模したオブジェが遠くからも目立っており、迷う事無く到着する事ができた。

「周りの建物と時代が違うな」

「そうだと聞いてますねー。この辺って古い建物が多いんですけど、ここだけは撮影用に新しく造る必要があったって」

それでもこの町に建てられたのは、当時は旧校舎も現役でここが人の集まりなどから見ても島の中心だったからだ。


PEテレに到着すると、まず広いロビーが見える一面の窓が一行を出迎えた。

中に入ると天井は高く、魔動ランプの大きなシャンデリアがある。しかし、今は窓から光が入ってきており点灯はしていない。

床は毛足の長い絨毯《じゅうたん》だ。シャンデリアの真下に屋上のオブジェと同じく太陽をモチーフにした模様があった。

現時点で曽野は容疑者ですらないので、まずは受付でロマティが「連続暴走事件に関する件で曽野に会いに来た」と頼んだが、新人放送部員の彼女では会う事ができなかった。

そこでジェイが捜査を委任された風騎委員だと告げると、受付の態度は一変。一行は会議室らしき場所に通された。

中は長いテーブルが四角に並べられており、奥の壁には黒板が掛けられている。ジェイ達が入り口付近の席に着いて待っていると、背が高い男性が入ってきた。

年の頃は三十を超えているだろうか。面長で額が広く、眼鏡を掛けており、無精髭を生やしている。服装もよれよれで、どこか辛気臭い雰囲気を漂わせている。

席に着いた彼は、ギョロリとした丸い目でジェイ達を睨み付ける。その視線には敵意が感じられた。忙しい時に訪ねたから……だけではなさそうだ。

「私が曽野だ。風騎委員が何の用だね!?　まさか、風騎委員が逮捕された件を報道するなと言うつもりではないだろうね!?」

曽野が不機嫌そうに声を荒らげて机を叩くと、モニカが怯えてジェイにしがみ付く。

「そうではありません。これと同じ物を持っていると聞きまして」

しかしジェイは全く動じず、布の包みから例の短剣を取り出し、曽野に見せた。

その瞬間、曽野は目を見開いて腰を浮かす。

「そ、それが何だと……！　知らんな！　そんな用なら帰ってくれ……」

曽野は上ずった声で捲し立て、そのまま部屋を出ていこうとする。ジェイはその背に鋭い声を投げ掛ける。

「落ち着いてください、曽野さん。これを所持している事自体は罪ではありません……何故、逃げるんです？」

やましい事があると言っているようなものだ。曽野もそれに気付いたようで、不承不承戻ってきそう言って曽野は会議室を出た。ジェイは短剣を再び布に包み、それを手に後に続く。

「…………こっちだ」

「では、短剣はどこに？」

はいけない何かを。

絞り出すような声だ。ジェイの言う通り、短剣を持っている事自体は罪ではない。にもかかわらずこの態度、やはり彼は短剣について何か知っていると見るべきだろう。知られて

「……仕事の資料もある。勝手に机を漁《あさ》らないでくれ」

曽野が慌てて立ち上がり、明日香を止めようとするが、ジェイはそれを視線で制した。射抜くような目に怯えの色を見せた彼は、諦めたかのようにうなだれる。

眉がピクリと動いたが、それでも曽野は無言を貫く。ジェイは大きくため息をつき、明日香に彼の荷物を調べてくるよう頼んだ。

「……これが原因だと分かっているみたいですね」

曽野は不機嫌そうにそっぽを向く。しかし、驚いた様子は無い。

「ええ、ですが暴走して事件を起こしたら罪です」

そう言って曽野は椅子に背を預け、フンッと鼻息を荒くしてふんぞり返る。

「……ああ、それは罪ではないのだろう？」

「持っているのですね？」

て再び席に着いた。

そして一行が案内されたのはスタッフルーム。そこは他のスタッフが大勢いて、入った瞬間に彼等の視線が一斉にジェイ達に集まった。

天井から番組名が書かれたプレートが吊《つ》り下げられており、その下に机が集まって島を形成している。島同士の間は狭く人の行き来がしにくそうだ。人が多いから尚更《なおさら》である。

曽野の机は『PSニュース』の島にあった。彼を訪ねてきたのが風騎委員と知っているのか、それとも雰囲気を察したのか、近くのスタッフ達は席を立って離れていった。

ジェイもエラ、モニカ、ロマティは距離を取らせ、明日香と二人で後をついていく。

スタッフ達も何事かと遠巻きに見ている中で、曽野は自分の机の引き出しの中から、新品の鞘に収められた短剣を取り出した。

例の悪趣味な角ドクロの柄に魔素結晶が嵌め込まれている短剣。間違いない、ボー、アルバートに続く「三本目の短剣」だ。

短剣を手にうなだれる曽野に、ジェイが問い掛ける。

「それをどこで手に入れたのか……教えてもらえますね？」

彼は手にした短剣を見つめながらポツリポツリと話し始める。

「これは……行きつけの酒場で手に入れた物だ……ああ、店主《マスター》は関係無い、と思う。店に来ていた客から買った物だからな……」

「その客は？」

「初めて会った男だった……名前は聞いてない……」

「そんな怪しいヤツから買うとか、止めようよ……」

モニカがボソッとツッコんだが、曽野が視線を向けるとぴゃっとエラの背に隠れた。

「ただの短剣として買った訳ではないのでしょう？　どう使うかは聞いていますか？」

「………さて、な」

その問い掛けに対して、曽野ははぐらかした。知らずに買ったとは考えにくい。隠していると見るべきだろう。


ただ、短剣を持っているだけでは曽野を捕らえて調べたりする事はできない。

また限りなく黒に近いグレーだが、短剣が暴走の原因だと確定もしていない。

だからジェイ達は、現時点では曽野から短剣を提出してもらう必要がある。

「では、その短剣……回収させていただけますか？　二件の暴走事件、原因はその短剣にある可能性が高いので」

「君は真面目だなぁ……うん、良い風騎委員になれると思うよ。私が保証する……」

曽野はニィッと唇の端を吊り上げて笑う。

「長年、南天騎士や風騎委員を見てきた私がひとつ教えてあげよう……！」

その瞬間、ジェイの背に悪寒が走った。

曽野が短剣を鞘から抜き放つが、それを振るうよりも先にジェイが布に包まれたままの短剣でそれを斬り上げるように弾き飛ばした。

曽野は慌てて短剣を追い、ジェイと明日香も弾かれるように駆け出してそれを先に回収しようとするが、曽野や他の椅子が邪魔になって追い抜けない。

周りにいたスタッフは抜き身の短剣が飛んできたのを見て避けるが、曽野は逆に短剣の落下地点に飛び込み、危険を顧みずに素手で短剣を掴み取った。

「そこまでだッ！」

しかしここでジェイが追い付き、曽野の腕を踏みつけた。

続けて明日香が追い付き、曽野の手からナイフを取り上げる。

「うわっ、手が切れちゃってますよ！」

曽野が咄嗟に掴んだのは刃の部分だったようで、掌《てのひら》と指から血が流れている。

「止血する。おとなしくしていろよ」

ジェイは手首を掴んで持ち上げ、ハンカチを使って血を拭《ぬぐ》い取る。

「なっ……!?」

その時彼は気付いた。曽野の掌の傷は既に血が止まっている。いや、それどころか傷口が泡立ち今にも治りかけている事に。

「ジェ、ジェイ！　これ、消えてます！　魔素結晶が！」

明日香も気付いた。回収していた短剣の柄から三つの魔素結晶が消えている事に。

「フ、フフ……勉強になっただろう？　時には強引に事を進める事も必要なんだよ……こういう事になるからねぇ……！」

その瞬間ジェイは、曽野の身体が膨れ上がった、ような感覚を覚えた。

これはヤバい。距離を取るだけでは済まない。咄嗟にそう判断したジェイは、曽野の背中を蹴り飛ばし、周りの机に叩き付けた。

そのまま曽野は、いくつか机を薙ぎ倒して床に倒れる。

スタッフ達が悲鳴を上げ、危険を感じたモニカはエラの手を引いて更に距離を取る。

ロマティも距離を取ったが、こちらは全体がよく見える位置に移動するためだった。

「いたた……ヒドいな、暴力風騎委員ってニュースにされたいのかい……？」

腰を押さえながら立ち上がる曽野。膨れ上がった気配は消えていない。それどころかどんどん大きくなっていく。


それよりも問題は、曽野がまだ話せている事だ。ボー達とは別の何かが起きている。

「暴走、してないのか……？　まさか!?」

短剣に仕込まれていた『一回分の魔素』は、なんらかの儀式用の可能性があった。

ボーとアルバートが暴走していたのは、それが失敗したからだと考えられていた。

では、それが成功したらどうなるのか？　その答えが今、目の前にある。ジェイはそう判断し、布に包まれたままの短剣を放り投げて腰の剣を抜いた。

しかし曽野は臨戦態勢を取ったジェイに目もくれず、両手を天に掲げて歓喜の高笑いを上げる。

その様はまるで何かのタガが外れたかのようだ。

「やっぱりだ！　やっぱり私には才能があったんだ‼」

そう叫んだ曽野が、完全に治った掌をジェイに向けて突き出した瞬間、曽野の掌から人間の頭ぐらいありそうなサイズの火球が放たれた。

ジェイは手近な椅子を蹴り上げ、火球にぶつけて相殺する。

だが、曽野は余裕を崩さず、机の上に登ってジェイを見下ろす。

「教えてあげようか？　あれはねぇ……魔法使いになるための短剣なんだよ……！」

「まさか⁉　そんな簡単に……！」

ジェイが驚きの声を漏らすと、曽野は再び天を仰いで高笑いをする。今度は両手から炎を噴き出した。

「そう……簡単じゃないんだよ！　分かってるじゃないか、君ぃ！　才能が無ければ、あの二人のようになってしまうからねぇ……‼」

つまり、曽野には二人と違って魔法の才能があったという事だ。現に彼は両手から噴き出す炎を自在に操ってみせている。

にわかには信じられないが、本当に魔法使いになったようだ。

確かにボー達のような暴走状態ではない。しかし、別の意味で暴走している。取り押さえねば、周りが危険だ。

ジェイが明日香に視線を向けると、彼女も同じ結論に至ったようでコクリと頷いて刀を抜く。

「エラ、皆の避難を！」

視線は向けずにそう伝え、ジェイは曽野に斬り掛かった。

「甘いよ、君ィッ!!」

「チッ！」

対する曽野は、両手から火球を放って迎え撃つ。

魔法の火球は何かが触れた瞬間に炸裂して危険だが、ジェイはそれを逆に利用して手近にあるペン等を投げ付け火球が近付く前に撃墜していく。

炸裂した火が飛び散り、周囲でいくつもの炎が上がった。魔法のためか、サイズの割には火力が高いようだ。天井まで届きそうな火柱が壁となって二人を囲む。

周りのスタッフ達がどよめきの声を上げげた。消火しに行こうにも、炎の壁の向こうから曽野の笑い声が聞こえてきているため、うかつに近付く事もできない。

「ジェイ！」

炎の壁で近付けなくなった明日香が、悲鳴のような声を上げげた。

曽野は追い詰めたと笑みを浮かべて、獲物を前にした獣のように舌なめずりをする。

「……好都合だ」

しかしジェイは炎を恐れるどころか不敵に笑った。それが気に入らなかったのか、曽野の片眉がピクッと上がる。

小声で『幻《ゲン》』と呟き、再度斬り掛かるジェイ。今度は机の上に立つ曽野の足下からすくい上げるような一撃を放つ。

「無駄だッ！　……なっ!?」

曽野も火球で迎え撃つが、放たれたそれはジェイを素通りして床で炸裂。

「そっちがな！」

次の瞬間ジェイの姿が消え、曽野の背後にもう一人のジェイが姿を現して一撃を叩き込んだ。曽野は耐え切れず、炎の壁を突き破って外側へと吹き飛ばされる。

「グハッ!!」

衝撃を受けた腰を押さえながら起き上がろうとする曽野だったが、何が起きたのか分からない。

その隙を逃さずジェイも飛び出し、頭目掛けて追撃を食らわせる。

それがトドメとなり、意識が朦朧《もうろう》となった曽野は、崩れ落ちるように倒れた。

「明日香！」

「は、はいっ！」

すかさず明日香も呼んで、二人掛かりで取り押さえる。

「すいません、ワイヤーか何かありますか？　ロープだと焼き切りかねないので」

「あ、はい！　すぐに持ってきます！」

手近なスタッフに持ってきてもらった針金で後ろ手に両手を縛り上げる。曽野は意識こそ失っていないようだが、まるで魂が抜けたかのように茫然《ぼうぜん》としていた。

もう危険は無いと判断したのか、エラ、モニカが近付いてくる。

ロマティは消火のために動き出し、他のスタッフ達もそれに続いた。

その間、ジェイと明日香は曽野が暴れないよう見張っていたのだが、彼はポツリポツリと何やら呟き始める。

「春は……憂鬱《ゆううつ》になる……」

暴れようとはしないが、目は虚ろで、周りのジェイ達を認識していないように見える。

何か情報があるかと途切れ途切れの話を聞き取ってみたところ、こういう事らしい。

曽野には学生時代に憧れていた女子がいたが、彼女は魔法使いであったため『純血派』が縁談を斡旋して、地方の魔法使いの下に嫁いでいったらしい。

当時は荒れたが、時間を掛けて立ち直った曽野は、卒業後PEテレに就職。その女子の事は過去の思い出となっていくはずだった。

しかし、曽野は『PSニュース』に携わるようになった。なってしまった。

仕事で学生と関わり、番組では学校行事を特集する事も多い。何より毎年春になると、ポーラを訪れる新入生の学生行列を取り上げるのが恒例となっていた。

それでも彼は、何事も無いかのように仕事に打ち込んでいた。表向きは。

しかし希望に満ち溢《あふ》れた新入生達を、何より時折新入生の中に混じっている魔法使い達を見て、鬱屈《うっくつ》したものを溜《た》め込んでいたのも事実だった。

そして今年の春、彼は見てしまった。いかにもエリート然とした魔法使いの新入生、ラフィアスの学生行列を。

　自分も魔法使いであれば……そんな事を考えながら自棄酒をしている彼の下に現れたそうだ。

『魔法使いになれる短剣』を譲っても良いと言う男が。


『『魔法使いになれる短剣』ねぇ……」

　そこまで聞き取ったところで、ジェイは思わず声を上げた。先程も言っていたが、そんな物など聞いた事がない。

「そもそもこいつ、それらしい儀式をしていたか？」

「それらしい儀式は無かったと思います……けど」

　そう答える明日香も、自信無さげだ。彼女も魔法に詳しくないのだから仕方がない。

「でもさ、ジェイ。魔素結晶が消えてるって事は、何かに使ったって事だよね？」

　モニカの言う通り、三つ目の結晶に込められていた魔素が何かに使われている。

　そしておそらく、曽野が魔法使いになっていたのは事実だろう。手から火球を出すのがよくできた手品などではない限り。

　そうすると、同じ短剣を使ってもボーとアルバートは魔法使いにはなれず、曽野だけがなれたという事になる。

　まず考えられるのは儀式を正しい手順で行えたかどうか、つまりは成功させたか失敗させたかで明暗が分かれた可能性だ。

しかし前述の通り、曽野はそれらしい動きをしていなかった。

肝心の曽野の呟きは、もはや聞き取れないようなか細い声になっていて、もうボー達と同じように話が通じそうにない。これでは何も聞き出す事ができないだろう。

その時、ジェイは曽野の縛った手に注目した。傷は既に塞《ふさ》がっており、掌と指に赤みを帯びた線だけがうっすらと残っている。

「……この短剣は押収し、曽野は逮捕。ここの被害については南天騎士団に報告してください」

消火し終えたスタッフも、そこまでに関しては何も言わない。

「それとこの件、まだニュースにはしないでください」

「いや、それはちょっと……」

「下手にニュースを流すと、曽野にこの短剣を売ったヤツに捜査の手が伸びてきていると教える事になりかねません。お願いします」

「私からもお願いします」

エラが助け船を出すと、スタッフ達は困った顔をして顔を見合わせた。

ここのスタッフには少なからず華族がいるが、彼等の多くは王家直臣の宮廷華族だ。それだけに宰相である冷泉の孫娘に言われてしまうと、無視する訳にもいかなくなる。

「……分かりました。しかし、解決したら取材させてもらいますよ？」

「それはもちろん」

その後、スタッフの誰かが通報したらしく、南天騎士団の狐崎の部隊が到着。現場処理を引き継いでもらい、曽野を引き渡す。

「あ～ら、大活躍だったみたいねぇ。新入生」

開口一番に嫌味から始まるが、ジェイはそれをスルーして話を続ける。

「狐崎さん、ボーとアルバートなのですが、あれから回復したりは……」

「フン、そんな報告は受けてませんよ」

「では、この三本目の短剣を、今すぐ桐本先生の所に届けてきます。もしかしたら、曽野も含めて治せるかもしれません」

「へっ？　どういう事？　あ、ちょっ、待ちなさいってば！」

「急いで届けないといけないので！」

一瞬呆気に取られた狐崎が慌てて呼び止めるが、ジェイ達はそれもスルーしてそのままPEテレを後にした。ロマティもスタッフ達にペコリと一礼して後に続く。

「ジェイ君、さっきの話どういう事ですか!?」

「それは私も気になります」

図書館に向かう途中で、ロマティが興奮気味に訪ねてきた。エラもそれに同調する。

「短剣で曽野がやった事を考えたんだがな……手を傷付けた事ぐらしか思い浮かばないんだ」

「あのすぐ治っていた傷ですね。あれ、すごかったですっ！」

「断言はできないんだが、こいつの魔素って……曽野に移ったんじゃないかな？」

「移った……？」

ロマティがキョトンとした顔を問い返してきた。

「短剣の魔素を、体内に入れる事で魔法使いに覚醒させる。俺も魔法には詳しくないが、そう考えると納得できる気がするんだ」

「な、なるほど……」

ロマティはうんうんと頷きながらメモを取っているが、その隣のモニカは納得いかないようで、首を傾げている。

「ねえ、それっておかしくない？」

「魔素の量、か？」

「それ。短剣の『一回分の魔素』だけで、あれだけの炎が出せるとは思えないよ」

「それは俺も思った。だから、こう考えたんだ。『一回分の魔素』はあくまで魔法使いに覚醒させるためのもので、魔法は別のを使ってたんじゃないかって」

「別のって……あっ、『体内魔素』！」

モニカが声を上げてジェイを見た。

体内魔素というのは、空気中に漂う魔素が、呼吸によって体内に取り込まれたものの事だ。この世界に生きて呼吸をする生物は、人間を含めて皆持っている。

たとえば魔素種を生み出す「魔草」や「魔木」は体内魔素が多い植物であり、また「魔獣」は体内魔素が多い動物である。

この体内魔素は肉体の成長や活性化、魔法のエネルギー源などにも使われるが、使い過ぎると健康に支障をきたすと言われていた。

「覚醒した後の魔法は、全て自前の体内魔素を使っていたと考えると……」

「曽野みたいな状態になるのも納得がいく……という事ですね」

エラの言葉に、ジェイはコクリと頷いた。

「ボー達に関しても、肉体の活性化の方に魔素を使ったのかもしれない」

「つまりその短剣は、身体に直接魔素を打ち込んで、体内魔素に刺激を与える物？」

モニカがまとめてくれた。それを聞いてロマティも気付いた。

「それじゃジェイ君、治療できるかもって話は……」

「ああ、あれは体内魔素の欠乏による衰弱の可能性が高い」

この予想が正しければ、治療方法はある。それを確かめるためにも、ジェイ達はソフィアのいる図書館へと急ぐのだった。

「そのケースだと……この儀式が近いね」

図書館に到着して曽野の件を伝えたところ、ソフィアはすぐに机の積み上げられた文献の中から一冊の文献を取り出してジェイ達に見せてきた。

あれからずっと文献を読み漁っていたようで、相変わらず気だるげな様子だ。

「……『魔神化』？　魔神って『暴虐の魔王』のですか？」

魔王という単語が出た瞬間、明日香は背を向けてしゃがみ込み、両耳を押さえた。

そちらは気にせず、ソフィアは話を続ける。

「魔神って、どういうものか知ってる？」

「『魔法を極めた者が魔神に至る』と聞いた事なら」

「それは自然な成り方ね。じゃあ、不自然な方は知ってる？」

「……知りませんけど、それがこれですか？」

改めて文献を受け取り、モニカとエラも一緒に読んでみる。それには自らの身体を傷付け、魔素を注入する事により魔神化を促す儀式について書かれていた。

「魔素の量が明らかに少ないですけど、確かに似ていますね」

文献をロマティに渡しつつ、ジェイが言う。

「この手の研究は、魔法国の時代から盛んに行われていてね。曽野ってヤツの話を聞いた感じ、『魔法使いになれる短剣』ってのはその派生じゃないかと思うんだ」

「つまり、手を傷付けたのが儀式……？」

「魔素の量といい、傷付け方といい、ショボいよねぇ」

そう言ってソフィアは肩をすくめた。「魔法使いになれる」というのは凄いが「魔神になれる」と比べてはショボく見えるのも否めないだろう。

「ところで、この短剣を使った三人。まともに会話もできないのは、体内魔素を使い過ぎたのが原因じゃないかと思うんですが、どうでしょう？」

「つまり魔素欠乏症か……それで会話もできないとなるとかなりの重症だね」

というのも本来体内魔素というのは、呼吸によって空気中の魔素が体内に取り込まれ、蓄積されていくものだ。

体内魔素は魔法の燃料となる以外にも、人間が活動する上でも使われ、また肉体の成長にも影響を及ぼすとされている。

しかし、生きて呼吸している限りは、そうそう枯渇する事は無いとされている。

「つまり、魔法を使い過ぎた？」

「『使えないのに使ったから』って言った方が正確かもねぇ」

体内魔素をどれだけ蓄積できるかは個人差があり、魔法使い達はその差を「魂の器が小さい、大きい」と表現していた。

ソフィアに言わせれば、短剣に込められていた『一回分の魔素』程度で負荷が掛かる時点で魂の器は小さく、魔法使いとしての素質は無いのだ。

「器が大きければ本当に覚醒……いや、無理か。それなら負荷にすらならない」

ソフィアは、この短剣を使って魔法使いになる事は無理だと結論付けた。

「少ない体内魔素を使って、一時的に魔法使い気分を味わうのがせいぜいだろうねぇ」

「それリスク大き過ぎません？」

「それでも……縋《すが》らざるを得なかったんだろうね」

モニカが呆れ顔でツッコむと、ソフィアは皮肉めいた笑みを浮かべていた。


「ところで短剣を使った三人ですけど、失われた魔素を補う事ができれば治りますか？」

「そりゃ魔素欠乏症なんだから、魔素浴すれば、まぁ？」

魔素浴とは、空気中の魔素濃度が高い場所に行って休息したり、鍛錬したりする事だ。

空気中の魔素濃度は一定ではない。基本的に人が多い場所は薄く、少ない場所は濃いとされている。当然濃い場所の方が呼吸で得られる魔素量が多い。

肉体疲労の回復にも効果があると言われており、また魂の器も、肉体も、そういう場所で鍛錬した方が効率が良いとされている。

魔素浴しながら療養するのは魔素欠乏症の治療法としてはメジャーなものであった。

「でも、一気に回復させるのは無理だね。器に負荷が掛かるから」

そう、魔素欠乏症の治療は時間を掛けて行うもの。周囲の環境で治療期間をある程度短縮する事はできても、一瞬で回復とはならない。

つまり、曽野達をすぐに回復させて話を聞く事はできないという事だ。

こればかりは仕方がない。ジェイも薄々そうなるのではないかと思っていた。

次は曽野が短剣を買ったという酒場で聞き込みだろうか。しかし、販売している者もほいほい正体を明かしていないだろうと考えると、手掛かりを得られる見込みは薄い。

ジェイがそんな事を考えていると、ソフィアがその肩をポンと叩いた。

「ただね……君が持ってきた情報のおかげで、一つ判明した事がある」

ジェイは怪訝そうな顔になるが、対するソフィアはニコニコ顔だ。ジェイ達がこの部屋に来た時よりも元気になったようにすら感じられる。

「この短剣を所持する事自体は犯罪ではない。でも……この短剣を売る事は犯罪だ！」

立ち上がった彼女は、大袈裟な身振り手振りを交えて声を上げた。

一時的に魔法使い気分になれても、完全に魔法使いになれる訳ではない短剣は、嘘偽《うそいつわ》り誇大広告をもって販売している事になる。

しかも使用する事で心身に多大な被害をもたらすため、それを販売する事はれっきとした犯罪行為となるのだ。

ソフィアは更に儀式の仕組みや、この儀式が誕生した歴史的な流れなどを捲し立てて説明し始めるが、早口な上に難解でジェイには理解できなかった。

「ソフィアちゃん、謎を解明するとテンションが上がるタイプなんです」

「……ああ、そういう」

急な変化についていけなかったジェイに、エラがそっと耳打ちして教えてくれた。

「あ～、事件と関係ある事は言ってないと思うよ。多分」

モニカが辛《かろ》うじて理解できていたが、事件解決につながる情報は無かったようだ。

それはともかく、問題は短剣の販売が違法行為になる事でどうなるかである。

まず未使用の短剣を発見した際に、危険物として回収する事ができるようになる。次の被害者を減らす事ができるだろう。

あと、短剣を販売している者についても、犯罪者である事を前提に動けるのが大きいだろう。捜査する側からすれば、やれる事が違ってくるのだ。

「あのー……これ注意喚起とかできませんかね？」

おずおずと問い掛けてくるロマティに、ジェイとモニカは顔を見合わせた。

「その判断をするのは南天騎士団ね。勝手にやっちゃダメよ」

そしてエラが、にっこりやんわりとたしなめる。

「そういうのって場合によっては犯人に捜査状況を漏らす事になるから、ちゃんと南天騎士団の責任でやってもらわないとね」

身も蓋も無い事を言っているが、それもまた事実であった。

「となると、次は南天騎士団本部だな。行くぞ、明日香」

そう言ってジェイは、ずっと背を向けてしゃがみ込んでいる明日香の肩を叩き、話が終わった事を伝えるのだった。

4章　魔神来たる

ソフィアと話をした後、ジェイ達は一旦家に戻った。

そこで鞘を注文した人物を探していた家臣達と合流。鞘を注文したのは数人いたようで、その内の一人が曽野である事が確認できた。

そして昼食を済ませてから南天騎士団本部に移動。今回の件は、狼谷団長から捜査を委任されている形であるため、報告も狼谷団長に直接という事になる。

「……注意喚起をするべきだろうな」

ジェイ達の報告を受けた狼谷団長は、しばし考えた後にそう判断を下した。

確かに注意喚起すると、短剣を販売している者達に、捜査の手が迫っている事を教えてしまう事になるだろう。その者達は、危険を察して逃げ出すかもしれない。

しかし、それでも良い。ならば南天騎士団は島外に出るルートを押さえるまでだ。

今はまだどこにいるのかも分からぬ者達を、捜索する者達と、待ち構える者達の二段構えで対処する。それが狼谷団長の考えだった。

「君達は引き続き、短剣を販売している者達の調査を続けてくれ」

個人で動いているジェイ達は、引き続き捜索する側だ。

「短剣については、見つけ次第回収しても？」

「注意喚起を行った後ならば構わんが、今はまだ正規騎士がやるべきだろうな」

「では、小熊さんに頼んでおきます」

そう答えたジェイに、狼谷団長は少し感心した様子だ。

短剣の回収は、事件を未然に防いだという事で小さいながらも功績になる。

領主華族の跡取りで、騎士団入りを目指していないからこその余裕なのだろうが、こういう判断ができるという事は、被害を抑えるための最善を考えられるという事でもある。

狼谷団長は、これは今後も期待できそうだと考えつつ、それは一切態度には見せずに小熊は資料室にいると伝えてジェイ達を退室させた。

資料室とは、南天騎士団が取り扱った事件の調書や、島を出入りする人や物に関する書類を管理している場所である。

島という立地もあって、南天騎士団は税関のような役割も担っているのだ。

資料室に入ると、小熊とその家臣が雁首を並べて書類とにらめっこをしていた。まだ短剣を持ち込んだ者が見つからないようだ。

「ううう、どうして……見落としは無いはずッス……」

小熊が机に突っ伏しながらぼやいた。

「偽装して持ち込まれたって事ですかねー」

「つまり、見つかるとヤバい物だって認識していた事になりますね！」

「そうだよねー、ますます黒いよ明日香ちゃん！」

机の上に広げられた書類を覗き込みながら、ロマティと明日香は仲良く話している。

この様子では、このまま普通に探していても見つからなさそうだ。

「小熊さん、別の仕事を頼まれてもらえませんか？」

「別の仕事っスか？　まぁ、朝から机に座りっぱなしなんで、外に行く仕事なら……」

とにかく、書類の山から逃げたいらしい。

「例の短剣、危険な物として注意喚起される事になりました」

「おお、それじゃ回収されるんスね！」

「鞘のルートから、持ってるであろう人間があと数人判明してますので、そちらを南天騎士として回収してきて欲しいんです」

「なるほど、そりゃ正規騎士の仕事っスな！　任せるっス！」

外回りの仕事という事で、小熊は喜んで引き受けてくれた。

だが、その前に机の上に広げた書類の山を片付けなければいけない。これに関しては、ジェイ達も手伝う事にする。

「……あっ、これ……」

その最中に、モニカが一枚の書類を手に声を上げた。

「どうした？　何か見つけたのか？」

「うん……この書類、多分偽装されてる」

ジェイも書類を受け取り見てみるが、品名は「古書」となっている。特に問題があるようには見えない。

だが、ジェイは信じた。他ならぬモニカの言った事だからだ。

書類を見つめる彼女の瞳の奥には、微かに魔素の光が宿っていた。


自分が転生した事に気付いたばかりで、まだ魔法を「不思議な力」と思っていた頃、ジェイが最初に相談を持ち掛けたのは幼馴染のモニカだった。

モニカは幼い頃から読書家で物知りだったというのもあるが、何より彼女ならば秘密を打ち明けても大丈夫だと考えたのだ。

相談されたモニカはそれが魔法と呼ばれるものだと教え、書物で得られた魔法に関する基本的な知識を伝えた。

しかし、具体的な修行法などは『純血派』によって秘匿《ひとく》されていたため、それ以上の事は分からなかった。

だが、モニカのおかげで魔法とはどういうものかを知ったジェイは、前世で見たファンタジー小説などの知識を基に、独自の修行法を模索していく事となる。

どうしてそんな修行法を思い付くんだろう？　そんな事を考えながら、密かに修行するジェイを見守っていたモニカ。

少しでも手助けできればと更に魔法について調べていたところ、彼女は気付いてしまったのだ。

自分も、魔法を使える事に。

それとなく父エドに尋ねてみたところ、モニカの母方の曾祖母《そうそぼ》が元華族であり、商家に嫁いでいた事が分かった。モニカも華族の、魔法使いの血を引いていたのだ。

なお、当時の彼女はそれを聞き、自分でもジェイと結婚できるかもと思ったとか。

そんなモニカは、魔法について調べている内に『純血派』についても知った。

ジェイやモニカのように『純血派』の家系以外から魔法使いが発見された場合、『純血派』の家に婿入り・嫁入りさせられると。

魔法が使えるとバレたらジェイと引き離されてしまう。そう考えたモニカが、ジェイに魔法の事を隠そうと提案したのは言うまでもない。

おかげでモニカの魔法については、いまだ本人とジェイ以外には知られていなかった。

そんな彼女の魔法は、その名も『天浄解眼《てんじょうかいがん》』。名付け親はジェイである。

その効果は「書面上に書かれた文章の間違っている箇所が、使用者にだけ赤く光って見える」という、傍目《はため》には地味な事この上無いものだった。

しかし、今回のようなケースでは彼女の魔法が真価を発揮する。彼女の目には、一枚の書類が赤々と光って見えていた。

他の面々には聞かれないよう、モニカはジェイに顔を近付け、耳元でささやく。

「他にも誤字とかあるけど、これだけは別。書かれてる項目、ほとんどが光ってる」

この書類は、島に持ち込まれる物品を南天騎士団がチェックする際に作成される。

項目は送り主、届け先、品名、品数、そして配送人とチェックした南天騎士の名前だ。

その書類は送り主、品名、更に配送人までが、間違っていた。品名と品数が書類の半分以上を占めるため、モニカの目には書類が真っ赤に光って見えている。

モニカは商人の娘だ。魔法で正しい答えは分からなくとも、間違っている箇所に何が書かれているかである程度は推理できる。

まず送り主、ここが違っている場合は、違法品の密輸が絡んでいる可能性が高い。

配送人も違うとなれば、ほぼ確実にと言っていいだろう。モニカがこの書類に目を付けたのも、それが理由だった。

そして品名は、推理するための最大の手掛かりである。それでチェックを通っているという事は、その品に偽装していたという事なのだから。

ジェイもモニカに顔を近付け、声を潜めて話す。

「品名は学生向けの図鑑か。このシリーズは、確か大きいヤツだっけか？」

「うん……多分だけど、ページをくり抜いて、中に短剣を隠してたんじゃないかな」

モニカが言う方法は、密輸の手段としては割とオーソドックスなものである。

密輸したのが件の短剣かどうかはまだ断言できないが、モニカの目には他に大きく光っている書類は映らない。これが当たりである可能性は高いだろう。

「届け先は合ってるんだったな」

「うん、騎士団も後でチェックとかするだろうから、架空の届け先を使うのは危険だし」

店自体がダミーの可能性もあるが、それがモニカの目に光って見えないという事は、その場所に届けられた事は間違いないという事だ。

「……ジェイ、どうする？」

モニカが恐る恐る尋ねてきた。この件を狼谷団長に報告するか、ひいてはモニカの魔法についても話すのかと尋ねている。

やはりモニカは、魔法について知られるのが不安なのだ。特に『純血派』には。

「今晩、この店に忍び込む。何か証拠が見つかれば、魔法を抜きに報告できるだろう」

そう答えるとモニカは目を輝かせ、ひしっと抱き付いてきた。

「むー！　あたし達を忘れちゃダメですよーっ！」

しかし、そこに明日香が飛び込んできた。

何やら内緒の話をしている内は訳有りなのだろうと黙って見ていたが、それで抱き付くとなると我慢できなくなったようだ。

モニカの方も周りの人の存在を忘れ、明日香の乱入でそれを思い出したようで、パッと距離を取ってモジモジしている。

「と、とにかく片付けましょう。小熊さん、書類そのままにして行っちゃいましたし」

ジェイも誤魔化し、エラも追及してこなかったため、そのまま書類を片付けていく。

「ジェイ君、ここは婚約者として明日香ちゃん達もハグするべきだと思いませんかー？」

「……後でね」

なおロマティが興奮気味に踏み込んできたが、ジェイはそれを軽く受け流した。

その後帰宅した一行。今日の調査はここまでという事にして、ロマティには夕食を一緒に食べた後、帰宅してもらう事となった。

流石に書類にあった店への潜入捜査まで同行させる訳にはいかないからだ。

「良いもの見させてもらいましたー！」

明日香とエラ、そしてモニカと、ジェイが一通りハグするのを見届けると、ロマティは満足気な顔をして帰っていった。

問題はその後だ。エラが南天騎士団本部資料室での内緒話について尋ねてきた。

「え～……あんまり話したくないんだけど……」

「もしかして、『純血派』を警戒してる？」

「……そこまで分かってるなら、聞かなくても良くない？」

「半信半疑だったけど、その反応で確信が持てたわ」

噂に聞く『純血派』ならば、婚約者でもまだ結婚していないならば、強引な手を使って引き離そうとしてくるかもしれない。モニカはそう考えているのだ。

実際のところ、モニカの抱くイメージは、ゴシップなどで語られる『純血派』の影響を多分に受けている。

というのも魔法使いの数が減ってきた今、彼等は王国華族の中でも少数派なのだ。

それだけに数を増やす事に躍起になっているのは確かだが、だからといって宰相や辺境伯が絡む縁談に口出しできる程の力がある訳ではないのである。

「……まぁ、今まで隠していたのは間違ってなかったでしょうね」

「ですよねっ！」

もっともジェイと婚約者になる前ならば『純血派』が動いていたと考えられるので、今まで隠してきた事については、エラも正しい判断であったと考えていたが。

更に言うと、『純血派』の中には、それこそ犯罪に手を染めてでも全ての魔法使いを手中に収めようとする者がいるかもしれない。

エラもそう考えてしまうほど一般的にそういうイメージを抱かれているのが、今の『純血派』であった。

「え～っと……つまり、モニカさんは実は魔法使いだけど、大好きなジェイと離れたくないから、秘密にしておかないとダメって事ですか？」

「否定しないけど、もう少しオブラートに包んでくれないかなぁ!?」

ストレートな明日香に、顔を真っ赤にして声を上げるモニカ。

ジェイはそっぽを向いてコホンと咳払いをし、聞こえなかったフリをしていた。

「……ジェイ、今夜は四人で行こう」

「いいのか？」

心配そうに確認するジェイに、モニカはコクリと頷いた。

「もうバレちゃったみたいだし……まぁ、二人にならなら良いかな」

その後頬を染めながら、小声で「四人で家族になる訳だしね……」と呟く。

ジェイは気付いていたがあえてそれを指摘せず、彼女の提案を受ける事にする。

明日香は四人で行く事に乗り気だったが、非戦闘員であるエラの方は不安気だ。

「あの、私戦闘はちょっと……」

「エラ姉さん、大丈夫だから」

しかし、モニカはそれを意に介さない。彼女もまた非戦闘員であるにもかかわらず。

何故ならば、彼女には確信があった。ジェイの魔法があれば、自分達が危険に晒《さら》される事は無いという事を。

「ジェイ、早速行っちゃう？」

これについては百聞は一見に如《し》かずだ。モニカはそれ以上は説明せず、準備ができ次第出発する事を提案した。

「そうだな。エラ、安心してくれ。俺の魔法が守るから」

「……信じますよ？　私、本当に戦えないんですから」

「ああ、信じてくれていい」

「嘘ついたらお仕置き、本当だったらご褒美ですよ？」

「……違いを、具体的に」

確認してみたところ、膝枕をするかされるかの違いであった。

そういう態度が出る辺り、エラも納得して余裕が出てきたという事だろう。


早速準備を整えて家を出る一行。そして厩舎に入ると、獣車が用意されていた。

「獣車で行くんですか？　目立ちますよ？」

エラの疑問に、ジェイはニッと笑みを浮かべて答える。

「大丈夫。目立たないし、こいつは慣れてるから」

そう言ってエラの背を押し、エラ、明日香、モニカの三人を乗り込ませた。

そして自らは御者台に座ると、魔法の『力ある言葉』を発動させる。

「……『潜《せん》』……！」

その言葉と共に、薄暗い厩舎の中で獣車が地面に沈み始めた。

「なっ⁉」

思わず声を上げて腰を浮かすエラ。対してモニカは、慣れているのか平然としている。

明日香はと言うと、車窓を覗き込みながらすごいすごいと歓声を上げていた。

そんな能天気な姿を見てしまうと、エラも騒ぐ気が失《う》せてしまった。小さくため息をついて再び腰を下ろす。

「心配無いよ。ジェイの魔法はボクのなんかよりずっとスゴいから」

モニカが自信に満ちた笑顔でそう言った。エラからすれば初めて見る笑顔だ。

そしてエラは、すぐに気付いた。それがモニカ自身ではなく、ジェイを信じているからこそできる笑顔である事に。

「……少し、うらやましいですね」

エラがそう呟いた時、獣車は完全に地面に沈み切り、後にはもぬけの殻となった厩舎が残されていた。


「えっ？　あれ？　戻ってきましたよ？」

窓から外を覗き込んでいた明日香が混乱している。

何事かとエラも外を見てみると、先程と変わらぬ厩舎があった。

いや、違う。どこか違和感がある。

エラも疑問に思っている内に獣車が動き出す。外に出るとある「異常」に気付いた。

もう夜で、ほとんどの学生は帰宅しているはずなのに、どの家の窓にも明かりが灯《とも》っていないのだ。先程まで明るかった自宅さえも。

「これは一体……？　どの家も真っ暗だわ」

「この前に説明した、ジェイの『影刃八法』が生み出す『影世界』だよ、エラ姉さん。あと、暗いんじゃないよ」

その疑問の声に答えたのはモニカだった。エラは改めて外を見て、そして気付いた。明かりが全く無いのに、普通に周囲が見えている事に。

「影世界はね、明るいも暗いも無くて……ただ、色が無いの」

そう、車窓の向こう側に広がる光景は、暗いのではなく色が無い。モノクロの世界であった。

自分の知らなかった世界が目の前に広がっている。エラは愕然《がくぜん》とした表情で、肩を震わせながら問い掛ける。

「現実とそっくりの色の無い世界……これは、表裏一体の世界という事？　この世には、こんな世界が存在したというの……？」

「えっ？　無いよ？」

「えっ？」

「だってこれ、『影刃八法』で作ってるんだよ？　ジェイを中心にして」

「……えっ？」

元々影世界がある訳ではなく、魔法で現実そっくりの空間を作って『潜』り込む。それが『影刃八法』の一つだ。

この影世界はジェイの周囲しか表の世界を再現しないが、ジェイの移動に合わせて世界も変わっていく。そして移動した先で表の世界に戻る事もできるのだ。

「それじゃ、このまま例の店の方に向かうから……モニカ」

「……うん、分かってる」

御者台から覗き窓越しに声を掛けてくるジェイ。モニカは神妙な面持ちで頷き、大きく深呼吸をした。

「うん……皆に話すよ、『天浄解眼』の事を……」

モニカは、明日香とエラに自分の魔法の事を伝えると決意した。

だから今夜の調査は四人で行こうと提案した。影世界ならば、絶対に他の者に話を聞かれる心配が無いからだ。

車内には前後に席があり、向かい合って座る形になっている。今はモニカが前に、明日香とエラが後ろに座っていた。

モニカにとって、この話をする事は勇気がいる事のようだ。車内はいつになく緊張感が漂っている。二人はそれを感じ取り、真剣に聞く態勢に入った。

「これから行く場所は、私の魔法で判明したんだけど……」

モニカはポツリポツリと、書面に書かれた間違いが赤く光って見える魔法『天浄解眼』の力を説明し始めた。

ジェイの婚約者となった今『純血派』もそう簡単に手出しできなくなった事は分かっているが、

それでもあまり乗り気ではないようだ。

それでも話す事にしたのは、彼女なりに二人を家族として受け容れようと考えたからである。

その決意を察したエラは、モニカの隣の席に移る。モニカは反射的にビクッとなって距離を取ろうとするが、エラは逃さず抱きしめた。力いっぱい。

一方明日香はモニカの歩み寄りを、彼女との距離が近くなったと感じ取っていた。それが嬉しくてエラの反対側に座り、モニカに抱き付いて挟み込む。

「……でも、ごめんなさいね」

微笑ましい光景だが、ここで不意にエラが謝ってきた。

「話してくれたのは、ホントに嬉しいのよ？　でも、ごめんなさい……正直今、一番気になってるのは周りに広がるジェイの魔法の方なのよ～……」

「ですよねー」

頬ずりしながら謝ってくるエラに、モニカは呆れつつも納得していた。

もっともこれぐらい軽く流してくれた方が気が楽なので、モニカ的にはエラの反応が嬉しかったりする。エラの方が気を使った可能性もあるが。

「え、え～っと、ジェイの魔法もボクの方から説明しておいていい？」

「そうだな、頼む」

恥ずかしくなってきたので話題を変えよう。そう考えたモニカは、エラの希望もあってジェイの魔法について説明する事にする。

こちらはモニカが話題を変えたそうだと察したジェイが、あっさりと許可を出した。

既にある程度説明している事なので、こちらは気楽なものだ。

ジェイの魔法『影刃八法』は、その名の通り八つの能力を持っている。

ポーラ島に来て以来、ジェイは三つの能力を使っていた。

今使用している影世界に入り込む『潜』。

アルバートの影を踏む事で金縛り状態にした『踏』。

曽野との戦いで囮《おとり》となる影分身を生み出した『幻』。

「ねえねえ、モニカ。レストランで事件が起きた時ジェイの姿が見えなくなったじゃないですか。あれも魔法ですか？」

「あれは路地裏に飛び込んで『潜』ったんだと思うよ。影世界からなら、表の世界の扉は開けずに部屋の中に入れるから」

明日香とモニカの話を聞き、エラはあの時何が起きたのかを理解した。

こうなってくると、自分と違って平然と獣車を牽いている魔獣が気になってくる。そんなに影世界に慣れているのかと。

「ねえ、モニカちゃん。あの子って……」

「もちろん、影世界には何度も来てますよ」

この『潜』の能力は、影世界を移動する事ができるが、移動速度が上がる訳ではない。

それを補うのは獣車や騎獣なので、昴家には影世界に慣れた魔獣がそれなりにいた。

というのもジェイが魔法の練習をするのに、家を抜け出すために使っていたのだ。

その際はいつもモニカが一緒だったので、家族からはモニカと遠乗りに出掛けたとか思われていたりする。

華族学園でもいつ必要になるかも分からないという事で、入学する際も一番影世界に慣れた魔獣を連れてきていた。今回は、それが功を奏した形であった。


モノクロの世界を獣車で進み、商店街に入った。

いくつか開いている店もあるが、全て無人で静まり返っている。

窓から外を覗いていた明日香が、ある店内を見て気付いた。

「あれ？　テーブルに料理が並んでますよ？」

「『潜』の効果範囲に入った時、表の世界にあった物がそのまま再現されているんだ」

「食べれるんですか？　彩りが無さ過ぎて美味しくなさそうですけど」

「見た目が料理なだけの魔素の塊だぞ」

影世界の物は動かしたりはできるが、見た目が似ているだけだ。当然、食べられない。魔素の塊だからといって、魔素欠乏症の治療などには使えないだろう。

そして獣車は、商店街から脇道に逸れた先にある書店にたどり着いた。

一行は獣車を降りて店の前に立つ。その店舗の大きさは表通りの店にも負けていない。

「こんな所に本屋さんがあったんですね……私も知りませんでした」

エラはキョロキョロと辺りを見回している。三年この島で過ごしていた彼女だが、この店は知らないようだ。

「ここに短剣が届けられたとしたら、わざと見つかりにくくしてるのかな？」

「かもしれないな……鍵が掛かっているか」

ジェイが扉に手を向けると、扉だけが霧散して消える。

「すごいです、ジェイ！　何をしたんですか？」

「扉だけ魔素に戻したんだ。ああ、表の世界の扉は大丈夫だぞ」

影世界にあるのは全てジェイの魔法で再現された物だ。そのため逆に一部分だけ元の魔素に戻す事もできる。当然、表の世界に影響は無い。

「あの……この世界はジェイ君を中心に一定範囲しか再現されてないんですよね？　獣車を置いたまま入って大丈夫ですか？」

「大丈夫、範囲は変えられるから」

そのため安全のためにも影世界から表の世界に戻る時は皆一緒の方が良いのだが、今回は捜査だけなので特に問題は無いだろう。

そのまま中に入っていくジェイ。明日香とモニカもそれに続く。

そして残されたエラは、ジェイの言葉からある事に気付いた。

この『潜』の魔法が、かなり大規模で、大量の魔素を使用しているであろう事に。

つまりジェイは、それを成し得るだけの体内魔素を持っているという事だ。

魔法に関しては素人であるエラでも、それが尋常なものではない事は理解できる。

先代アーマガルト卿であるレイモンドが一線を退いた今、龍門将軍に対抗できるのは彼一人と聞いていたエラだったが、その理由の一端を知った気がした。

そのジェイと龍門将軍だけが縁戚となる。セルツとしても見過ごせるはずがない。

「……お爺様が、私なんかでもいいからって送り込む訳よね」

その微かな呟きを聞いていたのは、獣車の魔獣だけだった。

中は本棚が並んでいるが、店舗サイズの割には数が多く、通路が狭くなっている。

「あ～……」

「えっ？　ちょっ？　モニカ、これじゃ見えませんよ？」

「教育に悪いっ！」

本棚のラインナップを見て、ここがどういう店か察したモニカは、呆れた声を漏らしつつ後ろから明日香に目隠しをした。

どうもここは、いわゆる『男子向け』の割合が非常に高い書店のようだ。

ポーラは成人したと認められた子女達が集まる学園なので、こういう店もある。

「そりゃ、ずっと閉めてて営業してなかったら、いずれ怪しまれるだろうけどさ……どうりでエラ

!?
月刊百華

姉さんも知らないはずだよ」

モニカは、どうしてこういうラインナップになっているかが理解できるだけに、呆れる事しかできなかった。

客層が限定され、かつその客もあまり大っぴらにしないのだ、こういう店は。

それを隠れ蓑《みの》にして、密輸品の受け取り場所として利用しているのだろう。

物が本だけに、分厚く大きい本の中をくり抜けば、密輸品を隠せるというのも大きい。

モニカがそんな事を考えている間に、ジェイは両手をかざし本だけを霧散させていく。

もし本の中に何か隠していればそれだけが後に残ったはずだが、流石にここに密輸品を隠しているという事は無かったようだ。

このタイミングでエラも店内に入ってきたので、四人は店の奥に入っていく。

奥は商品の倉庫があった。商品を霧散させてみたが、密輸品らしき物は見つからない。

更にその奥は住居になっているが、食い散らかされた料理や酒瓶が散乱しており、今ここで飲み食いしているのか、単に片付けていないだけなのかは判別できない。

「一度、どんなヤツが店番してるか見てから来た方が良かったかな？」

「いや～、婚約者が三人いるジェイがこういう店に来たら、目立つんじゃないかなぁ？」

「……そこまで有名にはなってないと思うが、知り合いに会ったらまずいか」

そんな会話をしながら奥に進んでいくと、もうひとつの倉庫が見つかった。

扉を消して中に入ってみると、大きな図鑑が所狭しと積み上げられた倉庫だった。

「これって……ジェイ！」

モニカが一つを手に取り表紙を開いてみると、中のページがくり抜かれ、例の角ドクロの短剣が収められていた。

大当たりだ。この店が『魔法使いになれる短剣』をポーラに持ち込んだのだ。

念のため図鑑を消さずに確認してみたが、他の図鑑も同じように短剣が入っていた。

一度外に出て、もう一度一人で来て証拠を確保するべきか。

他に密輸されている物が無いかを調べるために倉庫の奥へと進んでいく。見つかるのは短剣ばかりであったが、突然ジェイが声を上げた。

「こ、これは……!?」

明日香たちもそれに気付いてそちらを見るが、そこには何の変哲もない壺《つぼ》しかない。

「えっ、どういう事？」

大きく、少々派手な装飾が施されているが、モニカの目にもただの壺にしか見えない。

「これがどうかしたのですか？」

エラも、何故これに驚いたのか分からなかった。明日香もだ。

影世界ならば危険は無いだろうとモニカが壺の中を覗き込んでみると、中には土らしき物で満たされている。

「ねえ、ジェイ。これ何なの？」

「これは……『魔神の壺』だ……！」

「……えっ？　えぇぇぇぇっ!?」

モニカが思わず声を上げ、明日香とエラも驚きの表情でジェイを見る。

しかし、彼女達の視線に晒されたジェイは、また別の疑問を抱いていた。

何故自分は、見た事も無いこの壺が、『魔神の壺』であると知っているのかと……。

可能性として考えられるとすれば転生だが、これといって思い当たる事も無い。とはいえ、それ以外の可能性も思い浮かばなかった。

そんな思い悩む彼の変化に気付いたのはモニカだ。

「……どうしたの？」

「いや、なんでも……」

しかし、ジェイは誤魔化した。転生に関するかもしれない事を迂闊《うかつ》には話せない。

「……皆は魔神の壺って知ってるか？」

その質問に明日香とエラは顔を見合わせるだけだったが、モニカだけは知っていた。

「魔神が復活する壺、だよね？　倒されても、その壺があれば復活できるって……」

そう、魔神という存在は、準備さえ整っていれば倒しても復活する。

魔神の壺は、倒された魔神の魂が休息するための物であり、復活する際には中の魔素を使って新しい肉体を生み出すのだ。

魔神が強ければ強いほど復活には時間が掛かるが、魔神化した肉体はほぼ不老である事も加味すると、極めて不老不死に近い存在であると言える。

カムート魔法国時代は魔神もそれなりにいたのだが、ドラマ『セルツ建国物語』では、ある理由からその辺りはあまり触れられない。

というのも、カムート魔法国が滅亡して百五十年以上経った今でも、『暴虐の魔王』が復活する魔神の壺の行方が分からないのだ。

今もどこかに隠されていて復活の時を待っている。既に魔神の壺も破壊されている。

どちらの説も確たる証拠は無く、セルツ建国から今日まで、ずっと歴史家の間で議論が紛糾し続けていた。

「……まさか、これが魔王の？」

「流石にそれはないと思うが……」

そう答えるジェイも自信無さげだ。

ただ、仮に魔王でないとしても、壺の主は別の魔神という事になる。

壺から離れられないという訳ではないので、今ポーラ島にいるとは限らないが。

何故、魔神の壺の事が分かったのか。それはジェイ自身にも分からない。

しかし、魔法使いの数が減ってきている事もあり、近年魔神化できた者はいない。

そのため現存する魔神は、ほとんどが魔法国時代から生きてきた者達。つまり「魔法使いに非ずんば人に非ず」という考え方がまかり通っていた時代の者達だと考えられる。

そんな魔神が存在する証拠がここにある。見つけてしまった以上、対処するしかない。魔神の存在は、放置するにはあまりにも危険過ぎるのだ。

だが壺の中を見た感じ、復活を待っている最中という訳ではなさそうだ。

一刻を争うという事態ではない。ジェイは、そう判断した。

「……まずは証拠の確保だな」

そう言ってジェイは倉庫の一番奥、積み上げられた図鑑の中から一冊だけを影世界に引き込む。

それを拾い上げて表紙を開き、中に短剣が隠されている事を確認する。

『影刃八法』の『潜』は、表の世界に戻る時は皆一緒でなければいけないが、追加で影世界に引き込む事はできるのだ。

「よし、これで狼谷団長に報告できる」

それを見て、エラが心配そうに声を掛けてくる。

「バレないかしら？」

「目立たない所から取ったから……さっきの部屋の様子を見た感じ、そこまで厳密に管理してなさそうだし」

ジェイはそこまで心配していなかったが、絶対にバレないとは言えないので、早く南天騎士団に知らせて、この店を押さえてもらった方が良さそうだ。

そのまま踵を返して倉庫を出ようとすると、明日香が慌ててジェイの裾を掴んだ。

「ジェイ、壺は放っておいていいんですか？」

「ああ、今はな。逆に壊すとまずい」

ジェイ自身何故それが分かるのかは分からないが、魔神は壺に何かあるとすぐさまそれを察知する事ができる。

そして壺はあくまで倒された魔神が復活するために使う物であって、壺を壊しただけでは魔神を倒せない。そして魔神は、新たに壺を用意する事ができるのだ。

つまり、壺だけ壊してもあまり意味は無く、それどころか魔神が次の壺をどこに隠すか分からなくなる。それを考えるとマイナスですらあるだろう。

という訳で魔神の壺はそのままにして店を出たジェイ達は、獣車に乗り込み影世界の商店街を離れるのだった。

しばらく影世界を進み、表の世界でも人気《ひとけ》が無いであろう場所まで進むと、『影刃八法』を解除して表の世界に戻る。

向かう先は南天騎士団本部、なのだが……。

「それなら一手打っておきましょうか」

ここでエラが、ある提案をしてきた。

「確かにそれなら……いや、もう一手必要か」

その話を聞いたジェイは一旦帰宅。そこで三人を降ろした後、あえて一人だけで獣車に乗り、南天騎士団本部に向かった。

「さて、それじゃ私達も動きましょうか。モニカちゃんは兵達に準備をさせておいて。私と明日香ちゃんはちょっと出掛けてくるから」

「は、はい！」

「行きましょう、エラ姉さん！」

そして、それを見送った三人もまた動き出すのだった。

そして何事も無く南天騎士団本部に到着。夜遅いが本部は煌々《こうこう》と明かりが点《つ》いている。屋内は魔動ランプだが、煙が問題にならない屋外はかがり火を使っている。魔素節約の知恵である。

門衛の騎士に話を通し、本部内の厩舎に獣車を進める。そこは本部とつながっており、厩舎から直接本部に入る事ができた。

短剣の件でいつ何が起きるか分からないため、狼谷団長は本部に待機していた。

彼から捜査を委任されているジェイは、すぐに会う事ができる。

「なるほど、こうやって密輸していたのか……」

書店について報告したところ、証拠もあったため狼谷団長はすぐに信じてくれた。

「しかし……魔神の壺があったというのは本当かね？」

だが、魔神の壺に関しては半信半疑のようだ。

実は『セルツ建国物語』はこれまでに何度かドラマ化されており、その内一回だけ魔神の壺について触れられた事がある。狼谷団長はそれで知ったそうだ。

ちなみにその時は、魔王を倒したが壺は行方不明のまま。魔王はいずれ蘇《よみがえ》る……みたいな感じでドラマが終わり、後味が悪いと絶不評だったとか。

それ以降のドラマ化では魔神の壺については触れないようになっているため、ジェイ達の世代はそのパターンは見た事が無かった。

「正直なところ、こちらも聞きたいぐらいです。あれが本当に魔神の壺なのかどうか」

ジェイは正直に答えた。内心では確信を持っているのだが、何故それが分かるのかを自分でも説明できないため、実のところ彼もまた半信半疑であった。

「ですからその件に関しては、ここで問答していても仕方がないと思います。短剣を押収する際、壺に触れないように気を付けていただければ」

「うむ、そうだな……おそらく店の者達は、南天騎士団が短剣の回収に動いている事に気付いているだろう。その店を引き払う前に押さえておきたい」

狼谷団長は、机の上の図鑑をもう一度開き、中の短剣を確かめる。

こうして証拠を掴んだ以上、後は時間との勝負だ。

逃亡された時のための備えはしているが、できれば店ごと一網打尽にしておきたい。

「巡回に出している騎士を呼び戻すか……いや、その動きを察知されるとまずいな」

暴走事件を警戒して、南天騎士達を巡回に出していたのが裏目に出てしまった。

しかし、これは予想通りの展開だ。ジェイはすかさず助け船を出す。

「実は、風騎委員長に話を通しています。今頃出撃の準備を整えているかと」

「……何？」

鋭くなった眼光が突き刺さった。しかしジェイは怯《ひる》まず話を続ける。門将軍とは戦えない。

「逃亡に備えつつ、暴走事件も警戒。しかも時間は夜となると、早急に動かせる人手が足りないのでは？」

帰宅中の騎士を招集する事もできるが、そちらもやはり時間が掛かるし、その動きを見られると敵に警戒されてしまうだろう。

何せ仕事を終えた彼等が、立ち寄り食事などを楽しむのが他ならぬ商店街なのだから。

「そこまで読んだか。君の目から見れば、夜襲の好機といったところかな？」

「読んだのはエラですけどね。夜襲の好機というのも否定しませんが」

狼谷団長は、なるほどなと不敵な笑みを浮かべた。

エラの事は狼谷団長も知っている。彼女ならば余計な情報は漏らしたりはしない事も。

「敵は南天騎士団を注視しているでしょうが、風騎委員までは警戒していないはずです」

ジェイの言葉に、狼谷団長は頷いた。風騎委員が所詮は学生騎士となめられているというのもあるが、元々学生街は部外者が入りにくい所なのだ。

更に言えば、周防風騎委員長は、風騎委員の活躍の場を求めている。今頃喜び勇んで風騎委員を招集し、出撃の準備を整えているに違いない。

そして何より学生街と商店街は距離が近い。学生街で風騎委員を集めて商店街に乗り込めば、不意を突いて急襲する事も可能だろう。

残る問題は、学生騎士だけに任せてしまって大丈夫かだが……。


「ウチの獣車、空いてますよ？」

ジェイの獣車ならば、武装した騎士が四人乗れる。風騎委員だけに任せる訳にはいかないが、指揮官として南天騎士を四人派遣できれば、件の店に踏み込むには十分だ。

ジェイが一人で獣車に乗ってきたのはこのためだった。

「……こういう事は慣れているのかね？」

「まぁ、それなりに」

探るような問い掛けにも、ジェイはしれっとした態度を崩さない。

確かにジェイの言う通り、少人数しか動かせないが今の状況には打ってつけだ。

風騎委員を動かす事を考えたのは、彼の言う通りエラだろう。

だが、彼女は軍事に関しては素人だ。その提案を南天騎士団に呑《の》ませるためにどうすればいいかを考えたのがジェイである事は間違いあるまい。

実に頼りになりそうだと、狼谷団長は不敵な笑みを浮かべた。

彼が辺境伯家の跡取りで騎士団入りの望みが無いのが惜しいところではあるが。

「よし、それでいこう。四人ならば、今待機している者達を出せる」

狼谷団長は決断した。現状ではそれが最善手であると。

風騎委員を使うのはジェイ達に乗せられた形となるが、そこは今後への期待も込めての一種の入学祝いである。

「ところで小熊さんは？」

「今仮眠中のはずだが……四人の中に加えるかね？」

「ええ、自分の下に派遣された援軍ですからね」

手柄を立てさせるのも指揮官の役目という事だ。その新入生とは思えない返答に狼谷団長は苦笑しつつも、すぐに承諾して小熊を叩き起こしに行かせるのだった。

ジェイが小熊を含む四人の騎士を連れて戻ると、学生街は静かながらどことなく緊張を孕《はら》んでいた。本物の戦場を知るジェイや南天騎士たちだから感じ取れる雰囲気だ。

時折、カーテンを閉めた窓からちらちらと人影が見えるのもそれだろう。

「やけにピリピリしてるっスね……」

「静かにしてるつもりなんだろうけどな」

「不慣れなんだろう」

獣車の後ろの座席からそんな声が聞こえてくる。

「武装して外に集まったりしていないんだから十分では？」

ジェイも同感であったが、ここは同じ風騎委員としてフォローしておいた。

やる気が空回りしてかえって不自然になってしまっているが、学生街の外からは分からないはずなので大丈夫だろう。

家に戻るとエラと明日香も戻ってきていた。ジェイが小熊達四人の南天騎士を連れてきたのを見て、エラは状況を察したようだ。すぐに周防委員長に使いを走らせる。

風騎委員の面々は皆武装し、今か今かと待ち構えていたようだ。周防の報《しら》せが届くとすぐにジェイの家の前に集まった。

風騎委員とその家臣、合わせて五十人程だ。といっても全てが風騎委員ではない。その家臣も合わせての人数である。

南天騎士の一人が「多いな……こりゃ全員集まったな」と呟く。

ポーラ華族学園における一学年の生徒数は、大体八十人から百人程度だ。その内風騎委員は学年ごとに大体十人ずつ、全体で三十人程となる。

集まった面々を見渡してみた感じ、実戦用制服である浅葱色のロングコートを着ている人数もそれぐらいだ。

残りの二十人程は彼等の家臣である。もっとも大半の風騎委員は、家を継げない零細華族子女であり、家自体が荒事専門の家臣を抱える余裕が無い事も多い。

実際は家臣を一人連れている者が十人ほど、複数連れているのが数人といったところだ。

これが本職騎士となると「家臣の一人でも連れていなければ様にならない」となるのだが……。

もっとも今回は種々の事情により、南天騎士団からは騎士だけ来てもらっている。

家臣の代わりと言ってはなんだが、風騎委員が指揮下に入る事になる。

「時間が無いので、簡単に分けるぞ。昴君と龍門君以外の一年は表口を、二年は裏口を。そして三年は突入に加わってもらう」

時間が無いので、前もって決めていた役割分担に沿って風騎委員を分ける。比較的簡単な役割を下級生に回していく形だ。

ジェイと明日香が突入に加わるのは、店内の様子を知っているためだ。

なお二人は四人の家臣を連れて参加するが、ジェイは一人、明日香は三人の内訳だ。

ジェイは身軽さを重視し、明日香は守りを厳重にするためである。

こうして一通り振り分けが終わると、足早に件の書店に向かう。商店街まではすぐなので、全員で駆け足だ。

こうして南天騎士の任務を手伝うのは初めてという者が多く、風騎委員の面々はやる気に目を輝かせている。功績を挙げるチャンスだと鼻息を荒くしている者も少なくない。

「やる気があり過ぎるのも危険なんだがな……」

ジェイはこれまで、そういう者達が突出して窮地に陥った姿を何度も見てきた。

だが、彼等にとっては将来の浮沈に関わる事なので、その点に関しては辺境伯家の後継者という恵まれた立場にあるジェイには止める事もできない。

心配だが、ここは南天騎士達と周防委員長の統率力に期待するしかあるまい。

突入組は、中で証拠を確保する組と、敵関係者を探し、取り押さえる組に分かれる。

ジェイは証拠確保組であり、こちらを担当する南天騎士は小熊だ。

ジェイが関わる以上、中心はジェイとなって功績的に美味しくないと小熊に押し付けたのかもしれないが、ジェイとしては、彼の方が話をしやすいという意味で好都合である。

魔神の壺を攻撃すれば、壺の主が遠く離れていたとしても気付かれてしまうだろう。

流石に周りで騒いでいるぐらいでは大丈夫だろうが、触れるだけで気付かれる可能性も考えられる。ジェイがしっかり確保せねばなるまい。

夜の町を駆ける武装集団は目立つが、ここからはスピード勝負だ。ロングコートの下に着込んだチェインメイルが音を立てるのも気にせずに商店街を駆け抜けていく。

野次馬達が何事かと窓から顔を出したり、店の外まで見に来たりしているが、書店の方に報せに走ろうとしない限り放置で構わないだろう。

「我々は裏口を押さえる！」

まず一人の南天騎士が二年生組を連れて別行動を取った。

残りは書店の前に到着すると、まずジェイ達以外の一年生に指示を出して店の前の道を固めて逃げられないようにする。

その間、ジェイ達と三年生組は待つ事になる。周防委員長もここで息を整えた。

なお、一部の男子が書店を見て微妙な表情になっていた事については、見なかった事にしてあげてほしい。

ここまで追い掛けてきた野次馬もいたが、流石に脇道までは入ってこない。大通りから興味津々な様子で覗き込んでいた。

そんな中、まだろくに訓練を受けていない一年生組の動きがぎこちない。

その体たらくに周防委員長は、ここで無様な姿を見せられないと二人の三年生を一年生組に加わらせて、南天騎士をサポートさせる。

そして準備が終わると突入開始だ。

「扉はどうします？」

「既に裏口は固めているから、一度は声を掛ける。返事が無ければ壊していい」

扉の前で「御用改めである!!」と大声を張り上げるのは小熊。

しかし中からの反応は無い。小熊が扉に耳を当てると中からガタガタという音が聞こえてきた。

「ガタガタいってるっス！」

「蹴り破れ！」

突入組を指揮する年配騎士は、その言葉を聞いて即座に逃げるか証拠を隠滅しようとしていると判断。命じられた小熊は、力任せに一撃で扉で蹴破った。

「突入ッ！」

その言葉と同時に真っ先に飛び込むのはジェイ。皆を先導して店の奥に入っていく。

酒盛りの形跡があった場所には、五人の男が酔いつぶれていた。

「確保します！」

すかさず周防委員長が動き、他の三年生達と協力して取り押さえていく。

「奥から来ますっ！」

その時、更に奥の部屋から寝巻姿で武器を持った者達が雪崩れ込んできた。パンツ一丁で剣を持つ男や、ネグリジェ姿で剣を持つ女の姿もある。

それに真っ先に気付いたのは明日香。彼女は周防委員長達を飛び越え、武装した者達に躍り掛かった。三人の家臣も「姫に続けーっ!!」とその後に続く。

この場において、龍門将軍に鍛えられた明日香の剣の腕は飛び抜けていた。抜いた刀を逆の持ち方にして、峰打ちで次々に武装した者達を叩きのめしていく。

抵抗できたのはネグリジェの女のみ。服を着る余裕も無いまま、明日香と鍔迫《つばぜ》り合いを繰り広げている。

「援護するぞ！」

だが、その間にも年配の南天騎士自らも剣を抜いて参戦。明日香の攻撃から逃れた者達を倒し、次々に捕らえていく。

「お前達は、そいつらを廊下に引きずり出せ！」

しかも、捕らえた者達を邪魔にならないよう外に出させた。

これで数の上でも逆転した。ネグリジェの女もそれに気付き、視線で周囲の様子を窺う。

その隙を明日香は見逃さなかった。視線が明日香から逸れた瞬間を狙って体勢を崩し、無防備になったところにすかさず峰打ちを叩き込んだ。

「成敗ッ!!」

これには堪《たま》らず女はうずくまる。そのまま家臣達に取り押さえられた。明日香の勝利である。

それを横目にジェイは奥の倉庫に突入。薄暗い倉庫の中には、短剣だけでも持ち出そうとしている集団がいた。

数は十人、その内七人はごろつきのような者達だ。しかし、他の三人は違っていた。

年齢は二十代半ばといったところだろうか。目立たないものにしているのだろうが、それでもごろつき達とは明らかに違う出で立ちをしている事が分かる。

商人、あるいは華族。おそらく彼等がこの件の黒幕だ。ジェイはそうあたりを付けた。

華族だとすれば、魔法を使える可能性がある。

「小熊さん！　短剣を使わせないでください！」

その可能性を考えたジェイは、小熊に指示を出しつつ突入。

ごろつきの一人が剣を抜いて迎え撃とうとするが、ジェイは大きな動きでそれを避け、そのまま影に『潜』った。

目の前で人が消えたごろつきは驚き戸惑い、動きを止める。

対して慣れているジェイの家臣は、その隙を逃さずごろつきの剣を叩き落とした。

「ぜ、全員御用っス!!」

小熊は剣が床に落ちる音でハッと我に返り、自らも戦闘に突入、その大きな身体でごろつきの前に立ち塞がる。

奥の三人は「斬れ！　斬れぇ！」とわめき散らし、ごろつき達は持ち出そうとしてた短剣を放り出して剣を抜く。

「い～や、そこまでだ」

しかし、その間にジェイは影世界を通り、三人と魔神の壺の間に姿を現した。

「なっ!?　いつの間に!?」

「お前達の知らない間にだよ！」

これで三人は、壺に近付く事もできなくなった。

こうなると彼等に残された道は、小熊達を突破して逃げ出す事しかない。

破れかぶれになったのか、三人はそれぞれ床に落ちた短剣に手を伸ばす。

しかし、それをジェイが見逃すはずも無い。すかさず蹴りを放つと、飛ばされた一人が他の二人にもぶつかり、三人はもつれるようにして倒れ込んだ。

ジェイの家臣がすかさず一人を取り押さえ、小熊ももう一人にのし掛かる。

最後の一人は起き上がって近くに短剣が無いか探そうとしたが、その背中に一人の風騎委員が飛び掛かって取り押さえた。

更にもう一人の風騎委員が近くにある短剣を拾い集め、彼等に渡さないようにする。これで三人は詰みである。


明日香達の方も終わったようで、風騎委員達がやってきて、次々に短剣と、そのケースになっていた図鑑を証拠品として運び出していく。

その後ある風騎委員によって、捕らえた三人組の内の二人は、この店の店長と店員である事が分かった。しかし、もう一人については初めて見る顔で分からないらしい。

その一人は、先程真っ先に斬れと指示を飛ばしていた男だった。三人の中でもリーダー格だったのかもしれない。

「となると、後の問題はこれか」

そう言ってジェイは、魔神の壺に向き直った。

これが残っている限り、事件は終わらないのだ。


「……分かっておるではないか……」

突如、不気味な声が響いた。

ジェイは咄嗟に壺から距離を取り、剣を抜いて構える。

気付いたのだ。今の声は、魔神の壺から聞こえてきた事に。

「ククク……なかなかの余興であったぞ……」

その言葉と同時に魔神の壺がガタガタと震え出す。

「全員退避ーッ!!」

即座にジェイが叫び、彼の家臣が慌てて小熊達を倉庫から出ていかせる。

その間にも壺の揺れはどんどん大きくなっていき、床を叩くような音を響かせる。

「まさか……最初から中にいたというのか……!?」

ジェイは倉庫の入り口を押さえるように立ち、切っ先を魔神の壺に向けた。

入り口を押さえる事は、相手を逃がさないための定石だが、伝説の魔神に対してどれほどの効果があるというのか。

思わず取ってしまった行動に、ジェイは自嘲的な笑みを浮かべる。

「つまらぬ連中であったが……最後の最後で楽しませてくれたわ……」

その言葉と同時に壺の蓋が吹き飛びジェイ目掛けて飛んできたが、剣を一閃させて弾き飛ばす。

金属製の蓋が壁にぶつかり、けたたましい音を立てた。

壺から闇が吹き出し、天井で今にも嵐が起きそうな黒い雲を生み出す。

「これは……魔素か!?」

魔素は空気中に存在するが、通常ならば目に見えないものだ。

それがハッキリと肉眼で視認できる。どれほどの濃度なのか見当もつかない。

雲は天井の中央付近に集まっていき、やがてひとつの何かを形作る。

それが何であるか理解できる姿になった時、廊下に留まっていた風騎委員が悲鳴を上げてほうほうの体で逃げ出した。

「ひ、ひぃぃぃぃっ!?」

乱れた長い髪を持つ、上半身しか無い骸骨。脊椎が尾のように垂れ下がっているが、魔素の雲が骸骨に巻き付き、漆黒のローブを形作ってその身体を覆い隠した。

そのドクロには例の短剣の柄頭と同じく左右一対の角が生えており、また額にも『第三の眼』が開いていた。

妖しげな光を放つ宝石のような眼に、ジェイは確信する。魔神であると。

角ドクロがカタカタと歯を鳴らしながら、ジェイを見下ろす。虚ろな第一、第二の眼窩《がんか》に眼球は無く、代わりに魔素の光が灯っていた。

「それに……面白いモノを見れたしな……」

ジェイは察した。先程の『潜』による移動を、壺の中から察知されていたと。

魔神を睨み付けながら、剣を収める。

「ホホホ……剣呑《けんのん》、剣呑……」

対する魔神は余裕を崩さない。むしろ嬉しそうな声だ。

魔神もまた気付いたのだ。魔神を前にして、敵意を放ちながら剣を収める意味を。

「今の魔法使い達は腑抜《ふぬ》けばかりと思っておったが……骨のある者もおるではないか！」

そう、ジェイは魔法で挑もうとしているのだ。魔法を極めた魔神に対して。

「好《よ》いぞ、好いぞ……！」

魔神は嬉しそうに天井辺りを飛び回り、旋回している。

そこから透けて見えるのは「余裕」。自分が負ける訳が無いという確信だ。

一方ジェイは怒り続ける事も怯える事も無く、怪訝そうな顔で魔神を見ていた。

それに興味を抱いたのか、魔神はフラフラした動きを止めて、ジェイを見据える。

「おや……何か疑問かね……？　今日の私は気分が良い……直言を許そう……」

魔神がこのような態度を取るのは、ジェイが魔法使いだからに他ならない。

「魔法使いに非ずんば人に非ず」という事は、逆に言えば魔法使いであれば人扱いするという事なのだ。魔神である自分が絶対的に上という前提ではあるが。

「何故だ!?　何故魔神が、魔法使いでもない三人に壷を守らせた!?」

ジェイは、あえてこれに乗った。「魔神」の部分を殊更に強調して声を張り上げる。

先程逃げた風騎委員は「宙に浮かぶ骸骨」に驚いて逃げたのであって、魔神だと気付いた訳ではないだろう。つまり魔神の存在は、まだ外には気付かれていない可能性が高い。

魔神が暴れ出したら、被害はこの店だけには留まらないだろう。

ジェイもいざとなれば影世界に魔神を引きずり込むつもりだったが、それも確実とは言えない。

ただでさえ魔神は自由に飛び回っているのだから。

つまり外にいる彼等には、周辺住民を避難させてもらわなくてはならない。

だからこそ声を張り上げたのだ。魔神がいると外に知らせるために。


そしてその声は、しっかりと皆に届いていた。

「ジェイ！」

明日香がすぐさま家臣達と共に店内に再突入する。

一方残された面々は魔神の存在についてはほとんどの者が半信半疑の様子だが、実際に魔神の姿を見た風騎委員がおり、周防委員長がそれを信じた。

「周辺住民を避難させるべきだと具申いたします！」

正直なところ、指揮官である年配騎士もまた半信半疑であった。信じられないのだ、魔神が今の時代に存在している事を。

「まずは全員退避させるぞ！　捕らえた者達もだ！　指揮は私が執る！」

だが、現実に何かが起きている。そう判断した彼は、まずは学生である風騎委員達の退避を優先させる事にした。

明日香が倉庫に近付くと、中から声が聞こえてきた。彼女は中から見えないようにしてその声を聞き取ろうとする。

「ひとつ……貴様の勘違いを正しておこう……守らせていた訳ではない……そもそも守らせる必要も無いのだからな……」

「……必要が無い？」

ジェイは先程の声で魔神の存在が外に伝わっていると信じ、時間を稼ぐためにその会話に乗っている。

隙あらば影世界に引きずり込もうとも考えていたが、宙に浮かぶ魔神相手には難しい。

守らせる必要が無い。壺が物理的に破壊できないという訳ではないだろう。

魔神の魔法ならば、攻撃そのものを防げるかもしれないが……。

「そうか、ずっと壺の中にいたから……！」

「その通りよ……いつでも復活はできたのだがな……」

その言葉でジェイは理解した。この魔神は、一度倒されているのだ。

「ククク……あれはさしもの私も、実に驚いたわ。目覚めてみれば、壺の周りで間抜け面が雁首《がんくび》を揃えておったのだからな……！」

おそらく壺の中で復活の時を待っている間に、壺があの三人の手に渡ったのだろう。

「あやつらは実に不遜《ふそん》な事に褒美を求めてきおった……この私に対してだ！　復活まで壺を守ってやったとな！　出来損ない風情が!!」

魔神は骨の手を握りしめ、怒りに震わせる。

三人は華族だった。だが、魔法使いではなかった。魔神から見れば「魔法使いの出来損ない」であった。

　そんな彼等から上から目線で要求されたのだ。魔法国時代の価値観を持つ魔神が、どう感じるかは推して知るべしである。

「だが、お前はその要求を呑《の》んだのだろう？」

　三人はあの時、短剣を使おうとした。それは彼等が魔法使いではなかった事を意味する。魔法使いであれば、短剣を使う必要も無いのだから。

　問題は、魔法使いでもない者達が、あの短剣を用意できるかという事だ。

　あれを作るには魔法の知識が必要だろう。今の時代、魔法使いでもないのにそれを学ぶ事は難しい。大体『純血派』が原因である。

　それに何より柄頭のデザイン。知識の出所はこの魔神と見て間違いないだろう。

　つまりこの魔神は、いつでも復活できる状態であったが、何故か三人の要求を呑んで彼等に協力していた。その間は壺の中に潜み続けていたという事だ。

　壺を守らせる必要が無いというのは、自分の力で守れるからだろう。

「ククククク……あやつらの望みが、あまりにも滑稽だったのでな……まぁ、余興よ」

「望み？　魔法使い気分になれる程度のまがい物でどんな望みを……」

「……ほう、貴様の目にはそう映ったか？」

　ジェイの言葉に魔神はピタリと動きを止めた。

「ウム、実に無知！　この私が、褒美として与えた物だぞ？　そんなつまらぬ物であるはずが無かろうて！」

「しかし、現にあの短剣を使った者は……」

「私の想像以上に、魔法使い共が堕落していたのだッ!!」

その怒号と共に雷光が迸《ほとばし》った。床が、壁が、天井が雷光によって焼き抉《えぐ》られていく。

廊下で話を聞いていた明日香達は、耳をそばだてていたおかげで早く気付く事ができ、辛うじて壁が砕け散る前に避ける事ができた。

同時に彼女は理解する。魔神の力がとてつもないものだという事を。


「ジェイ、大丈夫ですか!?」

攻撃が止むと明日香は起き上がり、慌てて倉庫に駆け込む。するとそこは天井も壁も崩されて変わり果てた姿と化していた。

屋根まで吹き飛び夜空が見えており、もはや倉庫としての役目も果たせないだろう。

そんな瓦礫《がれき》の中には、宙に浮かぶ魔神。そしてジェイが相対して立っていた。

あれだけの雷の暴風が吹き荒れたというのに、何事も無かったかのように。

防げた訳ではない。咄嗟に影世界に『潜』って事無きを得たのだ。

「明日香、こっちの事はいいから、早く周辺の住民を避難させるんだ！」

明日香に気付いたジェイは、視線は魔神に固定したまま声を上げた。

それはすなわち、ジェイが囮になっている間に避難を進めろという事だ。

「で、でも……！」

「魔神が本気で暴れ出す前に！　早く!!」

当然明日香は、ジェイに囮をさせる事に難色を示す。

しかしジェイは反論を許さずに畳み掛けた。今は問答している時間も惜しいのだ。

現実問題として、ジェイも明日香も魔神の攻撃には耐えられない。

影に『潜』ればなんとかなるが、二人一緒に戦うとなると、回避が間に合わなくなるだろう。

「む～～～！　わ、分かりました！」

ここはジェイに任せるしかない。そう理解した明日香は苦渋の決断を下し、踵を返して皆の下に走り出した。周辺住民を避難させるために。

「ククク……こそこそしおって……珍しい魔法ではないか……」

一方魔神は、先程とは打って変わって上機嫌だった。走り去った明日香の事など気にも留めていない様子だ。

おそらくジェイの魔法を見て格下認定したのだろう。ジェイはそう察した。

しかし時間を稼ぐために、それには触れずに話を聞く態勢に入る。

「あの短剣はな……本当に魔法使いになれるのだよ……お前のような者が使えば、な」

「……どういう事だ？」

「無論、今使っても意味が無い……魔法が使えるようになる前でないとな……」

「……元々素質がある者が、魔法に目覚める切っ掛けになる、という事か……？」

ジェイがそう呟くと、魔神はずいっと顔を近付けてきた。

「そうだ……早く目覚めさせる……たったそれだけのものだ……」

虚ろな眼窩の奥に潜む光が、ジェイを見つめる。

「だが！　あやつらはそれを望んだ！　魔法の力を求めてな！」

魔神は大きく両手を広げて声を張り上げた。

「ククク……騙してなどおらんぞ？　私はハッキリと言ってやった、『素質があれば、魔法に目覚める』とな……するとあやつらは、どうしたと思う？」

「それは、使わなかった……？」

魔法使いへの覚醒も、暴走もしていなかったのだから、そういう事となる。

おそらく彼等は怖かったのだろう。求めてやまなかった魔法使いへの道。その素質の有無がハッキリした形で分かってしまう事が。

そこまでは分かる。だが、どうしてそこから短剣を売る事になるのかが分からない。

ジェイが戸惑いの顔を見せていると、いきなり魔神が笑い始めた。

「クハハハハ！　ここからが傑作だぞ！　あやつらはな！　自分では使わず！　短剣を増やして売る事を考えたのだ！　分かるか!?　貴様には、何故だか分かるか!?」

そう言われても、ジェイには見当がつかない。

その困惑を感じ取ったのか、魔神の笑い声が更に大きくなった。

「あやつらはな、諦めたのだ！　魔法使いになる事を！　そして、こう考えたのだ！　なれぬならば、この苦しみを他の者達にも味わわせてやろうと!!」

魔神は急浮上し、飛び回りながら大笑いを響かせた。

「実に愚か!!　実に滑稽!!　実に楽しませてもらったぞ!!」

「余興っていうのは、そういう事か……！」

魔神が彼等の要求を呑んだ理由は、正にその一点にあった。


今ならジェイにも理解できる。「(素質があれば)魔法使いになれる短剣」、一体どのような者達がそれを求めるのか。

ボーは実家に戻って兄の下につく事を良しとせず、自ら家を興すために騎士団入りを目指し、そのための力を魔法に求めた。

アルバートは風騎委員として功績を残せず、騎士団入りも危ぶまれていた。その上ジェイとの決闘に負けて追い詰められた。その危うい現状を逆転するための力を魔法に求めた。

曽野は、魔法使いでなかったため手に入れられなかったものを想い、燻《くすぶ》っていた。学生のための『PSニュース』に携わっていたのも、忘れられなかった理由のひとつだろう。

自らは魔法使いになる事を諦めた三人が、短剣をポーラ島に持ち込んだのは、彼等のような者達を狙うためだったと考えられる。

あるいは妬んだのかもしれない。魔法使いを夢見る者達に、かつての自分達を重ねて。

「どちらにせよ、魔法使いが一人でも増えれば、お前としても損は無いと……」

「そちらは期待外れであったがな……実に情けない！　魔法使いは、ここまで堕《お》ちたというか！

……まぁ、これはこれで楽しめたがな」

そう言って魔神は天を仰いだ。短剣を使い失敗した者達の顛末《てんまつ》もまた、魔神にとっては余興という事だ。

「……だが、ここで貴様と会えたのは実に僥倖《ぎょうこう》よ……役にも立たぬ出来損ない共であったが、最後の最後に貴様を呼び寄せた……大儀であったぞ」

雰囲気の変化を感じ、ジェイは身構える。

しかし魔神は、何ができると言わんばかりに再びずいっと顔を近付けてきた。

「貴様の魔法……実に未熟であるが、他の出来損ない共よりはマシだ……」

ジェイを見つめる眼窩の奥の光が強まり、第三の眼は妖しげな光を放っている。

続けて魔神の口から紡がれた言葉、それはジェイの予想通りのものだった。

「喜ぶがいい、魔法使いよ……この魔神エルズ・デゥの軍門に下る事を許す……」

一方、明日香は商店街で必死に避難を進めていた。

客の方は酒が入っている者が多いが、そちらは南天騎士と上級生達に任せている。明日香達一年生は、町の人達の避難誘導だ。

「皆さん！　落ち着いて避難してください!!」

避難誘導する周防委員長の声が、喧騒の中でもよく聞こえる。

未熟扱いされている風騎委員も、ここではその数がものを言っていた。

店の方は静かで、まだ本格的に戦いが始まっていない様子だ。

「ジェイ……」

明日香としては今すぐにでも駆け付けたい。しかし、行っても足手まといになってしまうだけ。

こうして避難を進める事が、ジェイが安心して戦える事につながる。

明日香はそう考えて、町の人達が不安を抱かないよう努めて笑顔を作って避難誘導を進めていくのだった。

その頃ジェイはと言うと、エルズ・デゥの降伏勧告を受け止めつつ魔神を、その第三の眼を真っ直ぐに睨み返していた。

その性格故か、相手が魔法使いのジェイだからか、魔神エルズ・デゥは思いの外喋ってくれた。

あらかた避難させられる時間は十分に稼げたはずだ。ジェイはそう判断した。

ならば、やるべき事はひとつである。

「これが答えだ！　『射』ァッ!!」

ジェイは返答と共に、『影刃八法』のひとつ『射』を発動。ジェイの影から放たれた影の矢が魔神エルズ・デゥに襲い掛かる。

しかしエルズ・デゥはローブの袖を一振りして矢を打ち払った。

「甘いわ！」

更に第三の眼が光り雷光を放つが、ジェイは眼が光った時点で横っ飛びして回避。そのまま半ば瓦礫と化した壁を蹴ってエルズ・デゥの背後に回り込む。

「まだだ！」

そして繰り出される影の矢。数本が背中に突き刺さるが、エルズ・デゥは意に介さずに振り返りざまに右腕を振るい雷光を放つ。

しかしそれはジェイを素通りして背後の壁を砕いた。エルズ・デゥの視界から外れた瞬間に『影刃八法』の『幻』による分身も同時に生み出していたのだ。

更に四方八方から影の矢が放たれ襲い掛かる。

「これはなかなか……！」

感嘆の声を上げたエルズ・デゥ。しかし影の矢は両手であっさりと打ち払われる。

「自身の影でなくとも……つながっていれば魔法を放てるといったところか……！」

そう、『射』はジェイ自身の影だけではなく、その影と一部でも重なっていればそこからも影の矢を放つ事ができるのだ。

そして今この倉庫は、瓦礫などでそこら中が影だらけだ。全方向から放たれた影の矢が次々にエルズ・デゥに突き刺さる。

「ほぅ……！」

　しかし、エルズ・デゥは平然としている。やはり意に介していないようだ。

「さっき払ったのは何だったんだ。うっとうしかっただけじゃないだろうな！」

　更に攻撃を続けるが、ダメージを受けた様子は無い。

　対するエルズ・デゥは、ジェイの姿を探す事無く再び全身から雷光を迸らせる。

　圧を感じたジェイは、咄嗟に倉庫から脱出。その直後先程よりも強烈な光が、轟音《ごうおん》と共に壁を、床を、天井を、いや、建物そのものを吹き飛ばしてしまった。

　建物の崩落に巻き込まれそうになったジェイは、瓦礫を避けながら上へ、上へとジャンプし、わずかに残った屋根の上まで退避する。

　エルズ・デゥもそのまま瓦礫と土煙に呑まれていったが、それでどうにかなるような柔な相手ではないだろう。屋根の上から見下ろしながら、ジェイはそう確信している。

　外は夜も更け、満月が輝き、ジェイの足下にくっきりとした影を生み出していた。

　辺りは既に避難が完了しているようで、家の灯《あか》りも無く真っ暗だ。少し離れた家は避難していないらしく、遠くの家の灯りが地上の星のように見える。

　どうやら明日香達が上手くやってくれたようだ。

　書店の建物は入り口付近は辛うじて残っているようだが、それ以外は粉々の状態だ。隣家も被害を受けているようで、建物の一部が抉られているような状態となっている。

道側に南天騎士達の姿も無い。周辺住民の避難に動いているのだろう。

これで安心して……戦う事ができる。

「とはいえ……多分まだ本気は出してないだろうな」

その呟きに応えるように雷光が空に向けて迸り、眼下の瓦礫を吹き飛ばした。

再び舞い上がった土煙の中から無傷のエルズ・デュが姿を現し、ゆっくりとジェイの目の前へと飛んでくる。

「ククク……ひとつ訂正しよう。貴様の魔法、未熟ではない……」

「……そりゃ、どうも」

影の矢が効いた様子も無いのにそんな事を言われても、ジェイには皮肉にしか聞こえなかった。

「それでも、この魔神エルズ・デュには遠く及ばぬ事は理解できたであろう？　もう一度言おう
……我が軍門に降る事を許す……」

「またか……！」

エルズ・デュは完全にジェイを見下し、再び降伏勧告をしてくる。

「貴様ならば、魔神に至る事もできるであろう……」

違うとすれば、ジェイの価値を上方修正した事だ。

「魔神も少なくなった……魔法国再興のためには、新たな魔神も必要であろう……」

魔法国時代は『暴虐の魔王』こと魔法王を始めとして数多の魔神が存在していた。

だが、今も生き残っている魔神は少ない。魔神の壺も破壊されたのだろう。

故に、エルズ・デュはこう考えているのだ。「カムート魔法国を再興するためには、魔神の数も増やさなければならない」と。

例の短剣も魔神候補を増やすためだったのだろう。エルズ・デュの予想以上に現代の華族達の魔法の力が弱まっていたため上手くいかなかったが。

これが魔法至上主義者の『純血派』であれば、エルズ・デュに同調していたかもしれない。しかしジェイは、そうはならなかった。

「魔法国再興だと？」

「断る……とでも言うつもりか？」

「当たり前だ！　今更魔法国など、時代錯誤も甚だしい!!」

ジェイは魔法を使えるが、魔法至上主義者ではない。

何より彼は「魔法使いに非ずんば人に非ず」みたいな価値観は持ち合わせていないのだ。

「そもそも誰が『暴虐の魔王』の代わりになるつもりだ？」

「無論……」

「お前……とでも言うつもりか？」

ジェイは同じフレーズで言い返した。挑発も込めて。

その時、初めてエルズ・デュに変化が現れた。

眼窩の奥の光の色が強まり、凍てつくような青から、燃え上がるような赤へと変わったのだ。

「クハハハ……！　その通りだ!!」

そして満月の夜空を背に、両手を広げて叫んだ。

「魔法王亡き今……後継者が必要であろう？」

その言葉にジェイは怪訝そうな表情を浮かべる。

『暴虐の魔王』の壺がどこにあるのか、今も残っているか分からないため、死んだかどうかも分からない。それが今の常識だ。

だがエルズ・デゥは、魔王の死に確信を抱いているようだ。

「何故、死んだと言い切れる？」

「分からぬか？　実に愚か！　壺が無事なら、とうに復活しておるわ！　魔神が復活するのに何年も掛けると思ったか、実に無知蒙昧《もうまい》!!」

カムート魔法国が滅亡してから約百五十年。いずれ復活するにしては、時間が掛かり過ぎているという事だ。

「貴様も魔神の力の一端に触れたであろう……？　どうして魔法王は、我等魔神を統べる事ができたと思う……？」

「………強さ、か？」

「その通りだ!!　強者にこそ、この世を統べる権利がある!!」

天を仰ぎ叫ぶエルズ・デゥ。その声に合わせて雷光が迸る。

ジェイは『射』を空に向けて連射する事で、影の矢を盾にして雷光を防いだ。

だが、先程よりも雷光が強い。防ぎ切れない。

ジェイは咄嗟に自身の足下から影の大蛇を出現させ、それに乗ってその場を離れる。

強烈な光によって打ち消される影。大蛇も消えるが、その時ジェイは既に隣の建物の屋根に降り立っていた。

「小器用な真似《まね》を……！」

エルズ・デゥは攻撃の手を緩めない。ジェイは『幻』を駆使しつつ、影の大蛇と槍で迎え撃つ。

「これはどうかな？」

そう言って一旦上空に移動したエルズ・デゥは、雷光を放たずに掲げた手に集め始める。

その姿は明日香達からも確認できた。本物の魔神、その恐ろしい姿に悲鳴を上げて逃げ出してしまう者も現れる。風騎委員も、避難していた町の人達も。

「……騒がしい連中よ」

「まずっ!!」

エルズ・デゥの目が、他の人達に向いた。これはまずいとジェイは影の槍を放つ。背中に命中したそれは、少しだけエルズ・デゥをのけぞらせた。

「自分から死にたいならば、望み通りにしてやろう……！」

するとエルズ・デゥは、手に雷光を纏わせたままジェイを目掛けて急降下。

ジェイは咄嗟に避けようとするが、猛スピードの攻撃に直撃を避けるのが精一杯だ。雷光を纏った一撃は、ジェイの足下の屋根に炸裂。一撃で建物そのものを破壊してしまう。

辛うじて直撃を避けたジェイも足下からの瓦礫は避け切れず、いくつもの直撃を受けて落下。

「ジェイーーーっ!!」

落ちる姿を目撃した明日香が、悲鳴を上げる。

その声のおかげでジェイは意識を失う事なく、地面に落ちる前に建物と建物の隙間から伸びてきた影の大蛇がジェイに巻き付き、持ち上げて別の建物の屋根へと移した。

「ククク……生きている間しか降伏はできんぞ？」

息つく暇も無く、エルズ・デュは攻撃を続けてくる。

瓦礫の直撃でダメージは大きいが、魔法はまだ使える。影の大蛇を使って建物から建物へと飛び移り、目標が定まらないようにする。

そして隙を見つけては攻撃を仕掛ける。影の槍ではダメージを与えられた様子が無いため、大蛇を巻きつけ、振り回し、叩き付ける攻撃に切り替えた。

これは予想していなかったようで、不意打ちの形で成功する。しかし、ダメージは無いようだ。

それどころか再び上空に移動したエルズ・デュは、今度は両手を掲げて雷光を集め始める。

「何をする気だ……？」

「魔神になりたいならば、これぐらいは耐えてみせるのだぞ？」

その一言と共にエルズ・デュは雷光を纏った両手を地面に向ける。

極太の稲光が撃ち込まれると同時に、迸る雷光が辺り一帯を薙ぎ払った。

雷光が収まると周囲の家屋は一切が破壊されていた。エルズ・デゥの眼下には地面むき出しのクレーターが残るのみだ。

地面近くまで降りてきたエルズ・デゥは辺りを見回す。落ち着いたのか、眼窩の奥の光は再び青に戻っていた。

ふと動きを止めたかと思うと、不意にグリンと首を回してある方向を見る。

するとそこには、咄嗟に影に『潜』って事無きを得たジェイの姿があった。

「やはり無事であったか……これで分かっただろう……？　私が新たな魔王だ……さぁ、我が軍門に降れ……魔神となり、我が配下となれ……！」

全身からスパークの火花を散らしながらジェイに迫ってくる。

断ればどうするつもりかを雄弁に語っている。

辺りを吹き飛ばされた事で、周囲から影がほとんど無くなった。次は『潜』を使って逃れる事はできないだろう。

だが、ジェイは臆《おく》さず、不敵に笑った。

「強いから魔王になるっていうなら……やっぱり、お前じゃないだろう？」

「……なにっ？」

エルズ・デゥが驚きの声を上げる。

同時にジェイは後ろに飛んで距離を取る。

「お前は言ったな、魔王が生きていればとうに復活していると！　お前は言ったな、魔神が復活するのに何年も掛けないと！」

どちらもエルズ・デゥ自身が言った事である。

「ならば問おう！　お前は何時《いつ》、誰に倒された!?」

あの三人は、エルズ・デゥが復活するまで壺を守った事を理由に、褒美を要求した。

つまり、彼等が壺を手に入れた時点ではまだ復活できなかったという事だ。

それはここ数年の間に魔神を倒した者が存在するという事を意味する。

「ぐ、ぬぬ……！」

図星であった。エルズ・デゥは答えられない。答えられるはずが無い。

「それで魔王の後継者を名乗るなど、片腹痛いッ!!」

「黙れぇぇぇぇぇッ!!」

右手をジェイに向け、今までの雷光とは異なる極太の稲妻を放つ。瞬く間に迫る強烈な光、当たれば跡形も残らない。

しかしジェイは影の大蛇で上空に飛んでそれを避ける。

更に影の大蛇を身に纏い、エルズ・デゥ目掛けて体当たりを仕掛けた。

「愚か者がッ!!」

近付いてくるならこちらのものだ。ならばとエルズ・デゥは二発目の極太の稲妻を撃つ。

勝った。エルズ・デゥは勝利を確認する。

しかし次の瞬間、ジェイはその攻撃を避ける事なく、真っ二つに斬り裂いた。

その一撃は、そのままエルズ・デゥまで届いた。咄嗟に避けようとしたが左腕を斬り落とす。

距離が近くなるのはお互いに同じ。あの体当たりがエルズ・デゥから避ける時間を奪ったのだ。

「バ……バカな……!?」

エルズ・デゥの驚愕の声。眼窩の奥の光が明滅する。

いつの間にかジェイの手には漆黒の刀があった。

「な、なんだその魔法は!?　我が魔法を、斬り裂いたと言うのか!?」

正確には刀ではない。ジェイの手から伸びた影が、刀の形を取っている。

そのシルエットはゆらゆらと揺らめき、まるで黒い炎の刀を持っているかのようだ。

これこそ『影刃八法』のひとつ『刀《トウ》』、その強さに比例して、制御の難しい魔法だ。

ジェイは影の刃を眼前に構え、その目を閉じた。

そして大きく息を吐いて精神を集中させると、影の刃が燃え盛る炎のようになる。

ジェイは、何の勝算も無しに一人残った訳ではない。これこそが彼の最後の切り札だ。

「強さが次の魔王を決めるというなら……俺が証明してやろう！　お前ではないと！」

「やれるものならやってみろ！　魔法使い風情がッ!!」

エルズ・デゥが稲妻を連射するが、ジェイはそれらを全て斬り払う。

稲妻が魔素となり、月夜に光の華を咲かせて散った。

「な、なんだ、その魔法は……⁉」

エルズ・デゥは理解した。それが、魔神である自分に対抗しうる魔法であると。

これは、ジェイが自ら『影刃八法』の八番目、最後の魔法と定めたもの。

魔神の一撃をもたやすく斬り裂く黒き刀。

「邪心滅却……！　今ここに滅びよ、魔神よ‼」

その影の刃を手に、ジェイはエルズ・デゥ目掛けて躍り掛かる。

「来るな！　来るなァッ‼」

稲妻を放ちながら空に浮上して逃げようとするエルズ・デゥ。しかし影の刃から放たれた炎がジェイを包み、稲妻を打ち消していく。

「馬鹿な⁉　この……この魔神エルズ・デゥがあぁぁぁぁぁッ‼」

黒い炎を纏ったジェイは、足下の影から影を大蛇を生み出し、その勢いを利用して飛ぶ。

「お、おおぉっ⁉」

一瞬にして自分より高く飛んだジェイをエルズ・デゥが見上げる。

次の瞬間、黒き炎の剣がその身体を肩口から真っ二つに斬り裂いた。

辛うじて残った半身が、クレーターに落ちていく。

「や、休まねば……また復活する日まで……！」

これが、魔神がほぼ不老不死である所以《ゆえん》。ここまでやられても、いや、これ以上やられたとしても再び蘇る事ができる。それが魔神なのだ。

建物は自らの手で壊したが、魔神の壺はこの程度では壊れない。場所も分かる。

エルズ・デゥは、這《は》いずりながら何とか魔神の壺に入り込もうと手を伸ばした。

「ぐ……!?」

だが、その骨の手は真っ白な灰となって崩れていく。

「なっ……何が起きて……!?　私の身体が……!?」

手だけではない。残された半身がどんどん灰になっていく。

「それが、この魔法の力だ」

その時、ジェイがエルズ・デゥの前に降り立った。

『影刃八法』の『刀』は、魂を斬る刀。魂の中の邪心を焼き尽くす炎からは、魔神すらも逃れる事ができない。

滅びる。エルズ・デゥは否応もなく理解せざるを得なかった。

「ク……ククク……クハハハハハハ!!」

そして笑い出した。笑わずにはいられなかった。

今にも崩れて無くなってしまいそうな腕で身体を起こし、真っ二つになった第三の眼でジェイを見据える。

そして叫んだ。最後の力を振り絞って。

「そのような所におられたのですか！　魔法王陛下!!」

「………はっ？　一体何を……？」

「魔神を滅ぼす力！　魔神を統べる魔法王の証!!」

「待て！　一体何の事だ!?」

「魔法国再興は成ったぞ！　バンザーイ!!　バンザーーーイ!!」

ジェイは問い詰めようとするが、もはやその声はエルズ・デゥには届かない。

エルズ・デゥは狂ったような笑い声を残しつつ、白い灰となって散っていった。

「俺が魔法王……魔王……？　どういう事なんだ……？」

後に残されたジェイは、茫然と魔神の壺を見る。

しかし、壺は主を失い、彼の疑問に答える者は無い。

「俺は……日本から転生してきたんじゃなかったのか……？」

確かに彼には、その記憶がある。だが、何故転生したかは彼自身にも分からず、またその記憶が本物であると証明する手段はどこにも無かった……。

「あの魔神、言うだけ言って消えやがって……！」

エルズ・デゥは完全に消失した。ジェイは八つ当たりまぎれに魔神の壺を蹴ろうとした……が、足が痛いだけだと思い留まる。

「『刀』ッ!!」

代わりに渾身《こんしん》の力を込めた影の『刀』で、魔神の壺を唐竹割りにする。

砕けた壺の中にあった土のような魔素の塊も、煙となって霧散しつつある。これは主を失った、つまりこれでジェイの疑問に答える者は完全にいなくなったという事だ。

とにかく皆の所に戻ろうと考えていると、明日香の声が聞こえてきた。

雷光が止んだ事で、戦いは終わったと判断したのだろう。ジェイは大丈夫かと向こうから心配して慌てて駆け付けたようだ。

「ジェ～～～イ～～～～～っ!!」

明日香はその姿を確認するやいなや、行く手を阻む瓦礫を軽々と飛び越え、その勢いのままにジェイに飛びついた。その勢いに負けまいとガッシリ受け止める。

「良かった！　無事だったんだな！」

「はい！　魔神という事で、皆を遠くまで逃がしてましたから！」

魔神を警戒して遠くまで逃がしていたのが功を奏したらしい。不幸中の幸いか人的被害は無かったようだ。

「昴君～!!　無事っスか～!?」

次に家臣達四人がやってきて、更に続けて小熊が到着する。必死に走ってきたようで小熊は息切れ気味だ。

「おぉ～！　いい絵ですねぇ～！」

最後に来たのはロマティ。すかさず魔動カメラで抱き合う二人の写真を撮り始めた。

「……どうしてここに？」

「こんな騒ぎになってるのに駆け付けられなかったら放送部失格ですよー。あ、お邪魔ですか？　私達の事は気にせず続きをどうぞー♪」

「できるかっ！」

そう言って明日香を下ろそうとするが、彼女はぎゅ～っと抱き付いて離れなかった。

よほど心配していたのか涙目だ。それを見ては、ジェイも引きはがす事ができない。

「すごく！　すっごく！　心配したんですよ～！　あっ、怪我してるじゃないですか！」

「大丈夫だ、明日香。大した怪我じゃない」

「ホントですか⁉」

ジェイの全身をぺたぺた触って確かめる明日香。

彼女が満足するまでされるがままになる。それ以外の選択肢は彼には無かった。

一通り調べてみたところ、怪我が無い訳ではないがそこまで酷いものは無さそうだ。明日香はようやく納得してジェイから離れる。

その間ロマティは、邪魔にならないよう二人は撮らず、代わりに事件現場となった倉庫跡の写真を撮っていた。

その様子を見て、ジェイは気付いた。風騎委員でもない彼女が、事件現場に入り込んで写真まで撮って良いのかと。

「あ、大丈夫ですよー。周防委員長に頼まれて現場の記録撮りに来ましたのでー」

その事を尋ねると、ロマティはあっさりと答えた。

今回は大事になった割には、現場に南天騎士団員が少なかった。そこで周防委員長は考えたのだ、風騎委員の方でしっかりした報告書を作ってアピールに活かそうと。

「撮った写真は全部チェックされるんですけど、それが終われば放送部で使っていいって話になってるんですよー」

ジェイを心配する明日香を元気付けていたところ、知り合いならば丁度良いと周防委員長が目を付けたようだ。

そのためロマティは張り切っていた。他の放送部員も駆け付けていたのに一年生が大抜擢されたと考えると「コネは強し」といったところか。

「そういう事なら、その壺を撮っておいてくれ。魔素が消えてしまう前に」

「この煙出てるヤツですか？」

「そうだ。煙を出してる土みたいなのが残っている内に撮っておいてくれ」

「ほいほい」

軽く返事をしてパシャパシャと撮り始めるロマティ。

「くぅ～、ああいうの持ってたら仕事の幅増えるんスけど、高いんスよね～カメラ」

『七大魔動機』のひとつに数えられ、それなりに普及しつつある魔動カメラだが、まだまだ高級品であった。平騎士には手が出し辛《づら》いお値段だ。

ちなみにロマティのカメラは、父が若い頃に使っていた物らしく少々レトロだ。ポーラ入学のお祝いにプレゼントしてもらったそうだ。

「ところで……魔法使いって、こんな事ができるんですか？」

エルズ・デゥが生み出したクレーターを見ながら、ロマティが尋ねてきた。その表情には怯えの色が見える。記録写真を撮っている内に怖くなってきたようだ。

「そこまで魔法使いに詳しい訳じゃないが……できる人は少ないと思うぞ」

魔法使いといっても様々なので、一概には言えない。できる魔法使いもいるかもしれないといったところか。少なくとも、ジェイにこの規模の破壊は無理だ。

ただ、ここで「魔神」ではなく「魔法使い」が出てくる辺り、魔神が現れたというのは、現実感が薄いのかもしれない。

おそらくソフィアのような詳しい者を除けば、「よく分からないけど、すごいヤツ」ぐらいの認識なのではないだろうか。

「そ、それで、そいつはどこに行ったんスか？」

小熊も不安になってきたようで、オロオロしながら尋ねてくる。

どう答えるべきか。この件、ジェイが魔神を倒したという事がバレると少々まずい。正確には、魔神を倒せるレベルの魔法使いであると知られてしまうのがまずい。

それが知れ渡ってしまえば『純血派』が黙っていないだろう。主に、ジェイの血を取り込むための縁談方面で。

ただでさえ両国の和平が懸かっている縁談が、更にややこしくなる事請け合いである。

「魔神なら……魔神の壺を壊したら逃げていったよ」

そこでジェイは、魔神を倒した事についてはひとまず隠す事にした。エルズ・デゥが前回倒された事も知られていないので、前例が無い訳ではないだろうと。

「え、そんだけで逃げたんスか？」

「最近一度倒されてたみたいだし、また倒される可能性を危惧したんじゃないか？」

そのやり取りに明日香は違和感を覚えたようだが、何か理由があるのだろうと察して口出しはしなかった。

「よく無事でしたねー……明日香ちゃんから強いとは聞いてましたけど」

「気弱な魔神だったんスかねぇ……」

一方ロマティと小熊は、魔神を倒したと言われるよりは信じられたようだ。

という訳で指揮官の南天騎士達にも「魔神の壺を破壊すると、復活できなくなった魔神が退いてくれた」で押し通した。やはり新入生が魔神を倒したよりかは納得がいくようだ。

ただ、それでも「魔神撃退」な訳で、特に風騎委員は大金星だと大騒ぎである。

南天騎士もそれは理解していたが、それ以上に後始末に頭が痛いようだ。

まず、避難させた人達を戻す場所が無くなってしまった。

ジェイがいなければ大きなクレーターを作れる存在が周囲一帯を蹂躙《じゅうりん》していた事になるので、その判断が間違っていたとは言わないが、人数が多い。

この件に関しては、南天騎士団でも荷が重い。王家に報告する必要がある。取り急ぎ、彼等の本格的な避難先を決めて、そこまで護送しなければならない。

周防委員長は、ここぞとばかりに引き続き風騎委員も協力すると申し出る。

南天騎士も今は猫の手も借りたい状況なため、それを受け容れる事にした。

当然これも風騎委員にとっては実績となる。ジェイは先輩達から口々に「よくやってくれた！」と肩を叩かれる事となった。

彼等にしてみれば、実績を挙げるチャンスを持ってきてくれたジェイは幸運の招き猫のようなもの。今後の活躍にも期待大であろう。

「では、行くぞ！　護送は我々が、風騎委員にはその間の商店街の警備を任せる」

「警備の配置は私が指示する！　まずは――」

途中で周防委員長が引き継ぎ、淀みない指示で人員を配置していく。風騎委員達は皆、やる気に満ちており、喜び勇んで担当の場所に向かった。

それを見た南天騎士達も、これならば問題無いだろうと避難させた人達の下に向かう。

最後に残されたのはジェイと明日香、それに周防委員長だった。

「あの、俺達は？」

「いや、君は大丈夫なのか？　魔神と対峙《たいじ》していたのだぞ？」

周防委員長は魔神の伝承ぐらいは知っており、その脅威をそれなりに理解していた。

「まだ大丈夫ですが……」

「そこは疲労困憊《ひろうこんぱい》という事にしておけ」

　つまりは魔神と対峙するだけで消耗したと見せかけろという事だ。

　彼は、ジェイが『純血派』に目を付けられるとまずいという事を理解していた。

「龍門将軍撃退の件である程度は知られているのだろうが、だからといって追加の情報を与えてやる事はあるまい」

「疲労困憊……あたしが連れて帰ればいいんですねっ！」

「ああ、後は我々に任せておけ。君に任せてばかりという訳にはいかんからな」

「……分かりました。このまま帰還します」

「ウム、ではまた明日な」

　という訳でジェイと明日香、それに四人の家臣達は、一足先に帰宅する事となった。

　明日香が嬉々としてジェイに肩を貸そうとするが、それではかえって歩きにくいという事で、結局は二人で腕を組んで帰路につく事となった。


　なお帰宅後の話となるが、ジェイは魔神エルズ・デゥを倒した事を明日香達に話した。現場ではひとまず隠したが、今後どうするかについてエラに相談したかったのだ。

　当然、魔神を倒した手段として『刀』についても説明する。

　流石のエラも魔神を倒したと聞くと驚いていたが、モニカは元々『刀』についても知っていたのであっさりと納得した。

「あ、やっぱり倒してたんですね」

「あら、明日香ちゃんもあっさり納得するのね」

「ジェイなら勝てます！　お父様を撃退したんですから！」

「ああ、そういう方向の納得の仕方なのね……」

それはともかく今後についてだが、魔神を倒した事は上に、具体的には冷泉宰相に報告する事となった。

これを隠しておくと、もう存在しない魔神を警戒し続ける必要があるからだ。

「ジェイ君の魔法についても話しちゃっていいのかしら？」

「『純血派』に知られなければ」

「大丈夫よ。その辺りは、お爺様も分かってるだろうから」

ジェイの縁談が上手くいかない事で困るのは冷泉宰相も同じなので、なんとか丸く収めてくれるだろう。

という訳でエラは、「ま、ちょっとした仕返しね」とか考えつつ、この件を冷泉宰相に丸投げするのだった。

エピローグ　関係は進むよ、少しだけ

セルツ連合王国の王都カムート、その中枢である内都の一角に冷泉家の屋敷があった。敷地は大きいが、宮中伯の屋敷としてはいささか質素に見える。屋敷の主は冷泉宰相こと、ヒューゴ＝冷泉＝ダーナ。彼がエラからの手紙を受け取ったのは事件の翌朝、早朝の事だ。

既に起床していた彼は、日課である朝の鍛錬を庭園で行っていた。

その年齢は既に老人と呼んでも差し支えの無いものだが、背筋は伸び、足腰はしっかりしていた。長剣を使った素振りが、鋭い風切り音を鳴らす。

「それにしても、魔神とはな……」

商店街の被害については、昨夜の内に報告を受けていた。大通りから逸れた場所が主戦場となったため、大通りへの被害はそこまで大きくなかったのが不幸中の幸いか。

避難民については、既に内都の宿に移されている。

彼等をどうするかについては今日宮廷会議があり、支援について話し合う事になっている。冷泉宰相もどれだけ支援できそうか確認を進めさせていた。

全国から華族子女が集まる学園都市ポーラ島。王家の威信に懸けて復旧作業は早急に進めていかねばならないだろう。

その指揮を執る事になるであろう宰相は、こうして鍛錬で気合いを入れていた。

エラからの手紙が彼の下に届いたのは、素振りを終えて一休みしている時の事だった。こんな時間に届けるなど何事か。何か重大事が起きたと判断した冷泉宰相は、執事から老眼鏡を受け取り、その場で手紙を読む。

「ほぅ……」

ジェイが魔神を討伐した。そんな衝撃的な情報をもたらされても、内心の驚きをおくびにも出さず、眉をピクリと動かすだけに留まった。

額が広いため面長に見える鷲鼻の顔、そして射貫くように鋭い灰色の瞳。誰が呼んだか『冷血宰相』、その鉄面皮っぷりは見事なものである。

「フフフ……多少強引であったが、エラを押し込んだ甲斐があったというものだな」

しばしの時をもって落ち着きを取り戻した冷泉宰相は、娘婿の快挙に笑みを浮かべた。

普通であれば信じられないような内容の手紙であったが、エラが意味も無い嘘をついたりしない事を彼は知っている。

冷泉宰相とレイモンドは、『セルツの双璧』と謳われる者達だ。どちらも厳しい人物であり『護国の鬼』の異名も持っている。

レイモンドが軍における鬼だとすれば、冷泉宰相は政における鬼。

そういうつながりがあるため、年齢は少し離れポーラに通っていた時期も異なるが、いつしか二人は友人、いや、ある種の戦友のような間柄となっていた。

昴家と冷泉家の縁談は、次代のアーマガルト辺境伯であるジェイが、明日香姫との婚姻で幕府に寄り過ぎないようにするためのものだった。

その際にセルツ側から冷泉家が選ばれたのは、二人の関係あっての事である。

「後始末が少々手間ではあるが……これに文句を言うのは贅沢というものか」

龍門将軍を撃退した件は知っていたし、魔法使いである事も知っていた。

だが、魔神を討伐できるほどとは流石に予想外であった。

「レイモンドめ、いつの間にか良き後継者を育てておったわ」

魔法に関しては、ジェイがモニカ以外にはあまり知られないようにしていた。なのでレイモンドが隠していた訳ではないと言っておこう。

更に言うと、ジェイが勝手に育ったのであって、レイモンドが育てた訳でもない。

それはともかく、この件によって彼の中でのジェイの価値が上がった。彼との縁談は、絶対に逃せない話となった。

冷泉家としてではない。セルツ連合王国としてだ。

昴家を、魔神を討伐できる魔法使いの血筋を、幕府に渡す訳にはいかない。

少なくとも現段階で、ジェイとエラの縁談に問題は起きていない。ジェイを王国につなぎ留めるためにも、このまま成立させなければならない。

そのためにも今、『純血派』に横槍を入れさせる訳にはいかないのだ。

龍門将軍撃退の件と合わせて、魔法使いである事を隠し通すのは難しいだろう。

しかし魔神を討伐できると知れば、『純血派』はなりふり構わずジェイを取り込もうとしてくるに違いない。その結果、幕府との縁談が潰《つぶ》れて戦争に突入するとしても。

つまり、魔法使いだが、各方面を敵に回してでも取り込もうとするのはデメリットが大きい……と思わせる。そんな難しい舵取《かじと》りが求められている。

まず、魔神を討伐できる魔法使いであるという点を隠さねばなるまい。

その上で『護国の鬼』と謳われ、『冷血宰相』と恐れられている冷泉宰相が、縁談の邪魔をしようものなら容赦《ようしゃ》はしないと睨みを利かせる事が一番手っ取り早いだろう。

エラが冷泉宰相に手紙を送ったのは、つまりはそういう事なのだ。

「エラめ、ワシをアゴで使う気か……!」

言葉では憤っているが、その表情にはどこか喜びの感情が感じられる。

まず魔神の件を片付けねばなるまい。冷泉宰相は屋敷に戻りつつ、執事に今日の予定の変更を伝える。まず南天騎士団長の狼谷に会いに行かねばならない。

幸いジェイが魔神を討伐したところを目撃した者はいない。情報流出を押さえるのは、そこまで難しくはないだろう。

「こうなってくると、エラで縁談を進めたのは正解であったな……」

他にもやらねばならぬ事が色々とあるが、それが王国を守る事につながるのであれば苦にもならない。冷泉宰相は、そういう男であった。

「ジェイ君～、お爺様からの返事が届いたわよ～」

数日後、冷泉宰相からの返事が届いた。

ジェイ達が居間でくつろいでいるところに、エラが手紙を読みながら入ってくる。

「宰相は何と？」

「そうねぇ……長々と書いてるから要約するけど、『魔神の件は任せてＯＫ』ってところかしら？

ジェイ君は壺を壊しただけって事にするみたい」

「エルズ・デゥの方は？」

「時期を見て倒されたと発表するそうよ。他にもいるかもしれないから、魔神は現実のものとして危機感を抱かせるために、しばらく警戒は続けるみたいね」

それ以外に『純血派』に対しても、冷泉宰相が睨みを利かせてくれるという。ジェイにとっても満足のいく返事だった。

「うぅ～……『魔神殺し』なんて名誉な事なのに～……」

しかし明日香は、少々不満そうだ。

どうも武功が正当に評価されないという部分が引っ掛かっているらしい。

「明日香はそっちか～……」

「モニカはどっちですか？」

「えっ？　え～っと……そ、それはジェイに聞いてほしいかな」

モニカは照れ臭そうにして答えなかった。

明日香は首を傾げつつも、ジェイに視線で問い掛ける。

「い、いや、改めて説明を求められると、俺も恥ずかしいんだが……」

「ふふっ、ジェイ君はねぇ、縁談に横槍を入れてほしくないのよ。武功よりも、私達と一緒の方を選んだの♡」

ジェイがしどろもどろになっていると、エラがフォローを入れてくれた。それはもう、ハッキリキッパリと。

もちろんそれだけではない。ジェイも色々と考えている。

「その、和平の事も考えて……」

「ジェイ、そこまで考えてくれてたんですね……！」

それは、明日香にとって好ましいものであった。

ダイン幕府の姫であり、セルツで友達ができた彼女にとっては、両国の和平は重要な案件だ。

「あと『純血派』が絡んでくると面倒臭いし」

「分かる。一番面倒臭くなるの間違いなくボクだし」

それはモニカも同じ気持ちであった。

もし『純血派』が絡んでくるとすれば、それは縁談絡みであろう。寄ってくるなというのが彼女の本音であった。

何より結局のところ、ジェイが三人との縁談を大事にしているのは事実なのだ。

婚約者である彼女達と共に学園生活を楽しみたい。『純血派』は邪魔してくれるなというのが彼の本音であった。

満面の笑みを浮かべたモニカと明日香が、左右からジェイを挟み込んだ。

向かいのソファに座るエラは、そんな三人を見てクスクスと笑っている。

その微笑みに内心を見透かされているような気がしたジェイは、話題を変えようと話を振る。

「えっと、冷泉宰相からの返事はそれだけですか？　他には？」

「えっ？　そうねぇ……」

問われたエラは、再び返事の手紙に目を落とした。

「こっちも長いから要約すると……」

「すると？」

「『早く曾孫《ひまご》を』かしらねぇ♪」

ここでエラは『爆弾』を放り込んだ。それはもう、楽しそうな笑みを浮かべて。

その言葉に左右からの圧が増した。ジェイはそんな錯覚を覚えた。

「あの、俺新入生。卒業しないと家継げない立場」

「あら、卒業しないつもりなの？」

「いや、そんな事は……」

実際のところ、成績が悪ければ補習などで学園がフォローしてくれる。

華族家にとっては死活問題なので、その辺りはしっかりとやってくれるのだ。

そのため本当に成績が悪くて卒業できなかったという前例は、ゼロとは言わないが、ほとんど無かったりする。

なお、この件で一番有利なのは、既にポーラを卒業していて自由の身であるエラだ。

冷泉宰相は「嫡男はセルツ華族であるエラが産め」と言いたかったのだろうが、エラがそれを無視して『爆弾』として使った形である。

明日香は目を輝かせてジェイに身を寄せる。モニカも興味津々のようで頬を紅潮させながらもチラチラとジェイの様子を窺っていた。

対するジェイは進みたい、しかし進めない。その葛藤《かっとう》に身をよじらせているが、二人は容赦なく距離を縮めていく。

エラはそんな三人の姿を微笑ましそうに見つめていたが……。

「ちょっ、エラさん。二人を止め……」

「私も～♡」

困ったジェイが助けを求めると、ここぞとばかりに自らも飛び込むのだった。

あとがき

はじめましての方は、はじめまして。日々花長春です。

そしてお久しぶりの方は、本当にありがとうございます。こうしてまたお会いできてうれしく思います。

『魔神殺しの風騎委員　世界平和は業務に入りますか？　～勇者と魔王の魂を受け継いだ俺ですが、そこまで責任持てません～』いかがだったでしょうか？

前作では区切りの良い所まで一巻に収められるようにWEB版から大幅に削りました。

今作ではそうならないように意識していたのですが、逆に足りない事に……。

という訳で合わせて50ページほどの大幅加筆をしております。WEB版をもう読んだよという方も、是非是非手に取って見てみてください。


少し裏話をしますと「征異大将軍」みたいな言葉からも分かる通り、この作品は「ファンタジー時代劇」のイメージからスタートしました。

舞台に武士要素など和のテイストが入っているのも、その辺りが理由だったり。

お金の単位の「晶と種」も時代劇を意識していました。一晶が一両みたいな感じで。植物の種を使っているのは、カカオ豆が昔、貨幣として使われていたという話からですね。

そこに学園要素などを組み込んで、和洋折衷ファンタジー『風騎委員』が誕生しました。

本作主人公のジェイナスは、頭の前後に二つの顔を持つ神ヤヌス（Ｊａｎｕｓ）を名前の由来としています。

出入り口と扉の守護神であり、物事の始まりの神。一月の守護神でもあるため去年と新年、すなわち過去と未来を同時に見つめていると言われる双面神です。

ジェイナスの過去（前世）に何があったのか。ジェイナスの未来に何が待ち受けているのか。見届けていただければ幸いです。

お声を掛けてくださった担当編集のＯ様、イラストを描いてくださったうどん。様、ＢＫブックス編集部様、そして刊行・販売に関わった全ての皆様、本当にお世話になりました。

最後に本書を手に取ってくださった皆様に心からの感謝を。本当にありがとうございました。

二〇二三年四月某日　日々花長春

BKブックス

魔神殺しの風騎委員

世界平和は業務に入りますか？
～勇者と魔王の魂を受け継いだ俺ですが、そこまで責任持てません～

2023年7月20日　初版第一刷発行

著　者　日々花長春《ひびはなながはる》

イラストレーター　うどん。

発行人　今 晴美

発行所　株式会社ぶんか社
〒102-8405　東京都千代田区一番町29-6
TEL 03-3222-5150（編集部）
TEL 03-3222-5115（出版営業部）
www.bknet.jp

装　丁　AFTERGLOW

編　集　株式会社 パルプライド

印刷所　大日本印刷株式会社

ISBN978-4-8211-4668-0